世上有那麼一群人，
就是喜歡寫。

神隊友

THE CREATORS

余兒 —— 著　faminik —— 圖

目錄
CONTENTS

第一話

「張靖」與「葉小古」

覺醒
漫畫分鏡草圖
原作——張靖
繪畫——葉小古

背了個大背包，架著粗黑眼鏡的葉小古，站在銅鑼灣一幢商業大廈門前，把頭皮抓了一下又一下，臉露忐忑。

「已經待了十分鐘，你到底去還是不去？」

說話的人是葉小古的好友張靖，站在原地暴曬了十分鐘的他，滿頭汗水，甚感不滿。

「我真不明白你在緊張什麼？」張靖語帶不爽：「都來到這裡，還在猶豫？你不是想出道嗎？現在機會就在面前，如果他不想跟我們合作，就不會約我們見面啦，對不？」

「你倒說得輕鬆……他是狄老師啊！」

「那又怎樣？他既不是我們的老闆，又不是我們的老頭，我找不到緊張的理由。」張靖催促：「你再不走，我就自己上去了。」

「等等等等……」小古拿出電話看看時間：「還有十五分鐘才到二時，我……去一趟洗手間就上去。」

「你剛剛才去過……」

「等等我，很快回來。」

小古邊說邊走，跑到對面的商場。

張靖望著他跌跌碰碰的背影，心中閃過疑問：小古會不會緊張得就此一路跑走回家去？

張靖跟小古在朋友聚會中認識，他倆都是動漫迷，也愛看小說、電影，因此話題不絕，很快就熟絡起來。

某日，張靖告訴小古，他寫了一個故事，打算在網路上發布。在未發布前，想要拿給小古先睹為快。

三天後，小古帶著二十多張Ａ４紙，拿到張靖面前。

張靖拿來一看，感動得差點哭出來，原來小古把故事畫成了漫畫，雖然有點粗糙，但張靖卻能從分鏡中，明顯看到：天分。

認識的朋友之中，能帶給他這種震撼直沖腦門的人，小古還是第一個。

於是他提出把這份稿寄給出版社看看，說不定會獲得賞識，取得出版的機會。

小古認為張靖太樂觀、太理想化，卻沒阻止他，因為他不覺得自己那幼嫩的畫功會有人欣賞。

又怎會想到，張靖竟把稿子寄到了畫壇翹楚狄一杰手上。而且、最後、居然得到了會面的機會。

「可以了嗎？」張靖望著身邊的小古。

「嗯！」洗了個臉後回來的小古用力點了一下頭。

踏入升降機，小古好像上行刑場般，一想到快要面對狄一杰，心就愈跳愈急。

張靖感覺身邊友人的呼吸嚴重不順，好像會隨時昏厥暈倒。

叮——

升降機門打開，裡面是個樓底極高的辦公室，接待處走簡約風。

「你們兩位約了狄老師？」年輕而美麗的接待員問。

「對啊，約了兩點。」張靖有禮一笑。

「你們先坐著等等。」

接待員小姐說完就走入辦公室，不久她又再來到二人面前。

「狄老師請你們進去。」接待員小姐友善微笑：「請跟我來。」

二人站起，跟在接待員小姐身後，來到一道房門前。

門還未開，但不知是心理作用還是啥的，二人竟同時感覺到從房內湧來一陣巨大的氣場，就像漫畫裡面的超級高手。

接待員小姐打開門，小古深呼吸一口氣，張靖則笑了。

門打開，出現在他們眼前是個三面採光的房間。日光照射在一張特別訂造的玻璃桌子，感覺相當簡潔舒服，和他們想像的亂七八糟的漫畫家工作室有很大出入。

「兩位，請坐。」

坐在辦公桌前的狄一杰，一身運動服裝，整潔乾淨。他不會像其他主筆因為趕稿而不修邊幅，因為他除了是位漫畫家，另一個身份就是「世界一出版社」的老闆。

二人坐到狄老師面前。

「讓我猜猜……你是葉小古。」狄老師先望向小古，然後又把視點移向張靖：「你是故事創作的張靖。」

「狄老師，你怎猜到的？」張靖淡定說。

「因為說故事的人，有說故事的樣子。」狄老師展露笑容。

狄老師比想像中平易近人，令氣氛緩和下來，但小古的額角還是冒出了熱汗。

張靖的反應卻依然淡定，面對畫壇巨人，並沒露出半點不自在。

「我看過你的故事，雖然有不少漏洞，但點子不錯的。」狄老師笑笑：「有沒有興趣跟我合作，幫我寫故事？」

「寫故事……你意思是，想我幫你寫故事？」

「嗯，我正在構思新作，覺得你的題材可以一試，而且我想給年輕人一點機會，所以就找你上來。」狄老師繼續說：「反正我沒試過架空科幻題材，說不定可以帶給讀者一點新意，但你寫的主角，只會一招，在畫面上可能比較單調。」

從狄老師口吻，張靖覺得事情隱約有點不妥——這次合作，好像並沒有小古的角色……

「狄老師，其實我跟小古是一個組合，我們希望一起出書。」

「請別介意，老實說，小古的分鏡及畫功還沒達到出版的水準。」狄老師客氣但不留情面地說：「其實你的故事也是不及格，不過如果是我演繹的話，就絕對可以填補不足。而你只要跟我的意思去做，慢慢就會有進步。」

小古的失望之情，完全流於臉上。

「謝謝你的好意，但很抱歉，我跟小古是一個組合，我不能也不想撇下他！」

「沒關係，你可以再想想。」狄老師喝了口茶：「不過你要知道，機會不是常常出現；更現實的是，現在香港漫畫出版社已買少見少，五隻手指已經可以數完。你要加入這行的話，選擇不多。」

「嗯，明白的。」張靖不由分說就站起：「今日謝謝老師抽空見面。」

狄老師微笑回應。

「張靖，這是個入行的好機會，其實你不用顧慮我……」坐在茶餐廳內的小古，沒精打采說道。

「不可以呀！我們是一個組合嘛！」張靖帶點激動。

「其實……我們不算什麼組合，我只是無聊把你的故事拿來畫罷了，根本沒想過出書，更加沒想過當漫畫家。」

「你沒想過當漫畫家嗎？」

「讀大學時有想過，但只是不切實際的想法。」

「為什麼當漫畫家是不切實際？」

「在香港當漫畫家會有出頭嗎？」小古有點灰沉：「聽說八、九十年代當漫畫家可以住豪宅駕跑車，但這年代呢？能否養活自己也成問題啊！」

「世事無絕對，總有一些人可以創造奇蹟。而且這個世代，只要有能力，就一定可以發光發熱。」

「我自問沒有這個能力。」小古吸啜最後一口檸檬茶：「時間差不多，我要回公司了。」

「你不是請了半天假嗎？我還想跟你去逛書店。」

「同事說，今日超市做特價，生意很好，叫我可以就回去幫手。賺錢緊要，改天才跟你逛書店。」

「嗯。」

張靖雖然失望，但理解。

小古跟父母妹妹同住，家境不算好，父親因工傷退休，這幾年只靠母親獨力賺錢。

大學畢業後，應徵面試的過程連番碰壁，好不容易才找到超市倉務員這份工作，所以就算這不是他理想的職業，目前也只能營營役役。

相比起來，張靖就幸福得多。生於小康之家，家庭沒經濟壓力；大學修讀設計系，還未畢業就接到了相關工作，畢業後這兩年間，單靠兼職已能維持生活開支。

香港漫畫業的全盛時代已過，大家都知道在香港當全職漫畫家的路十分困難。他本想鼓勵小古不要放棄，但轉念又想，小古背負沉重的經濟壓力，向他說那些「不要埋沒你的天分、為夢想總要作出犧牲、創作加油呀」之類的話，只怕會惹他火大，或令他為難。

所以，張靖選擇了沉默。

人與人的相遇是緣分，人與工作亦然。

或許，他們與漫畫無緣，又或者時機未到吧。

兩個月之後，小古經過報攤看到狄老師出版了新作，看完後立時致電張靖。

「張靖，你有沒有看狄老師的新作？」

「剛看完了。」

「他挪用了你的故事呀！」

「唔……對啊。」

「你還可以如此冷靜？」

「那可以怎樣？他是神之手，我現在衝出來說他抄襲我們的故事，你認為誰會信？」

「說的也是……是我害了你，如果我不是拿了你的故事來畫，你就不會把它寄到狄老師手上……說不定你在網上發表，一樣會有好的反應。」

「我現在也可以在網上發表。」

「現在發表？讀者一定以為是你抄襲他。」

「對啊。」

「那你還要發表？」

「要啊！」

「我……不明白……」

「我會發表，但不是現在，是在一星期之後。」

張靖把如何發表故事的想法，徹徹底底告訴了小古。

小古聽了，整個人也愣住了。

因為張靖這一著，可說是以卵擊石——

是新一代創作人向上一代漫畫家，作出最大差距的挑戰。

16

神隊友

第二話 《神人》與《覺醒》

覺醒
張靖——著
awakening
那是一場顛覆想像的
史詩復仇劇場！

「神之手」狄老師的新作《神人》，第一期付印二萬，出版三日全面沽清，是近幾年來香港最暢銷的創刊漫畫。

除了銷量，《神人》更贏盡了的口碑，讀者大讚狄老師有創意，首次寫架空題材也處理得相當之好。唯一令人擔憂的是，主角只會一招，發展下去會否單調？

狄老師回應，一定不會單調，他早已想好了之後的發展。

一星期後，第二期出版，同樣付印二萬，銷量衝破八成，口碑依然載道。

就在《神人》氣勢如虹，在市場上鬧得熱烘烘之時，網上小說連載平台出現了一個名為《覺醒》的新故事，情節竟與《神人》有九成相似。網上一面倒都在痛罵《覺醒》的作者張靖，說他不尊重創作人，是剽竊的盜賊！

網民都是嗜血鯊魚，對張靖群起攻擊、起底。短短兩日，張靖這名字已經登上討論區熱搜榜。

「狄老師，張靖這小子在搞什麼呢？」狄老師第一助手——阿峰緊張地問。

「可能不服氣吧。」狄老師在桌上畫分鏡，滿不在乎地說。

「我怕他亂說話，有需要出信禁止他繼續發表嗎？」

「現在情勢一面倒，拿點氣度出來，用不著緊張。」

「嗯。」

就這樣過了一星期，張靖的名氣連夜急升，當然全是負面的惡評。

《神人》出版第三期，故事來到主角面對十大超強高手的圍攻，爆發了第一個小高潮，銷量繼續開出紅盤，口碑比第一及第二期還要好。許久沒有討論度那麼高的香港漫畫了，讀者的反應沸沸揚揚。

在第三期出版的同一個晚上，《覺醒》的第二回同時上載，情節同樣跟《神人》第二期十分相似。

即是說，《覺醒》的故事比《神人》落後了一星期。

一星期後，《神人》第四期出版，劇情開始出現扭轉，本來只會一招的主角，原來只是欺騙對手的伎倆，其實是會十招，不但瞞騙了故事裡的對手，也瞞騙了現實的讀者……

這一著，又走回老套路，有老一輩讀者受落，但新一代讀者卻感到落差，覺得破壞了有趣的原設。

來到第五個星期，《神人》的主角憑一人之力，打敗了十大強者。呵欠，非常大路的情節，較年輕的讀者已感乏味。

同夜，《覺醒》第四回，劇情變得跟《神人》差天共地。面對十大強者，主角出現前所未有的危機，只有一招的他，終不敵而戰死。

《覺醒》第四回，雖說不上驚天動地，但主角之死卻帶來不少迴響，更重要是沒有破壞設定，為作品帶來一點正評。

相比起《神人》，讀者開始更想知道《覺醒》的發展。

「張靖，第四回開始，終於獲得一點好評了。」小古看著電腦，跟電話另一頭的《覺醒》作者說：「相反，《神人》第五期的口碑開始滑落呢。」

「這是可以預期的，因為他根本接不下去。」張靖咬著蘋果說：「當日我只把頭三回的故事給他，他當然不知道最精彩的，還在後頭。」

「看反應，《覺醒》的口碑，下星期大有機會全面扳下《神人》！」

「下星期就是決勝負的時刻！」

一星期後，張靖一口氣把八萬字的《覺醒》都放上網了。

第五回的故事，時間線一跳就是二十年之後，當年的十大強者已成為地上最巨大的邪惡集團，其時新主角登場。他擁有不為人知的神秘力量，更擁有前生記憶，經過地獄輪迴，把那「一招」強化，回到人間，跟邪惡集團討債來了。

《覺醒》的設定像日本王道漫畫：主線落在於主角一人身上，枝節少；集中於描寫人物個性和遭遇，讀者看著主角如何以弱勝強，經歷戰鬥而逐步強化。

說不上是神作，卻絕對是令人看得暢快的「爽文」，容易投入和閱讀。

相反，《神人》除了頭三期較吸引，之後又回到了港漫的那種套路，每期橫生太多枝節和日後總是忘記解釋的伏線，人物刻畫亦不夠深，尤其十大強者，位位性格都過於接近，沒有令人印象深刻的獨特性格。

來到第七期，故事已露出疲態，就算能保持著高水準畫面，也未能挽回失勢。最大問題是《覺醒》已在一夜連載完畢，狄老師雖然沒追看，亦知口碑不錯，他當然不想讀者把自己跟張靖作比較，故在十二期便把它草草完結了事。

《覺醒》由連載開始被質疑抄襲《神人》，到中後期卻大逆轉；讀者都認為《覺醒》較為完整，人物更立體鮮明。

更有眉精眼企、懂點行情的人開始質疑：會不會反而是張靖的故事被盜取？

因為在創作界如電影圈，亦不時流傳有這樣的劣行：原創故事被某某大導演當成自己的意念拍成電影，但苦主由於只是個名不經傳的編劇，為了繼續留在這圈子，怕說出來會遭受封殺，故唯有啞忍。

可是張靖的情況不同，他本就不屬於漫畫圈，也不怕得罪任何人，他只知道遇上了這種事不作反擊，就只會助長歪風。

有些人慣了高高在上，從沒想過有人會作出反抗，更沒想會敗在一個沒名氣的少年手上。

張靖憑《覺醒》聲名大噪，由負評的「智障抄襲王」變成了「擊敗神的地鳴級新人」；連載結束，獲得一致好評，但他一直沒公開說過跟狄老師「撞橋」的原因。

沒說過自己的故事在何種情況落到狄老師手上。

沒否認抄襲《神人》。

他以故事為他說話。

直至記者找上了他。

「張靖，你的故事由負評到最後獲得正評，你有沒有經過計算？」

「有的，否則也不會把第五回到結局一次過上載。」

張靖與記者小姐坐在咖啡館進行訪問。

「那麼你是早已完成了這故事？」

「不，起初只完成了四回，之後閉關了一個月，才能寫完故事。」
「你的前四回，是寫在《神人》出版之前？」
「沒錯。」
「即是說，在《神人》出版時，你已有四回故事，當你發現《神人》出版，就立即把之後的故事寫出來？」記者小姐帶點疑惑。
張靖想了想，這樣說：「嗯，其實在《神人》出版之時，我已把《覺醒》整個故事想好。」
「那你沒有抄襲《神人》？」
「沒有。」
「是狄老師抄襲你嗎？」
「這個問題，你要問他。」
「在《神人》出版前，你有沒有曾經跟狄老師見過面？你的故事會不會在什麼地方落到其他人手上？」
張靖望著桌上受到日光照射的咖啡杯。
「不如我們說說關於創作的事，好嗎？」
張靖知道，只要他說曾經見過狄老師，事情便會繼續炒作起來；演下去，便會變成你來我往的對質。
狄老師沒可能公開承認抄襲，張靖手上也沒實質證據，可以指控對方挪用了自己的故事。
此刻他只想好好創作，不想捲入媒體炒作的漩渦。
何況來到這階段，相信他的就會相信，沒有什麼需要再澄清。

更重要的是，《覺醒》已為他帶來了進入出版界的機會；接下來，只有專心做創作就好了。

《覺醒》的成功，得到不少出版社的青睞，希望跟張靖簽約出書。

周末張靖約了小古晚飯，告訴他有關記者訪問及出版的事。

「你為什麼不直接告訴記者，你曾跟狄老師見面，他盜用了你的投稿作品？」小古認為他浪費了一個平反的大好機會。

「我不想糾纏在這件事上，況且我也拿不出實質證據來。」

「還需要證據嗎？看過你倆的故事也該知道誰才是抄襲者吧。」

「就是了，這樣就夠啦。」張靖淡然一笑。

「你不告發他，我怕會有其他人受害。」

「他已得到了教訓，我想他應該不會重蹈覆轍。」

「嗯嗯，但願如此。」小古轉過話題：「這幾天你說有四間出版社找過你，你打算選哪一間？」

「在選哪一間之前，我要認真問你一個問題。《覺醒》如果出版小說，你會不會介意？」

「我為什麼要介意？」

「這個故事，本來是跟你合作漫畫的。」

「不是啊，《覺醒》根本是你的故事，只是我無聊拿來玩玩罷了，你有機會出版小說，我真心替你高興，千萬別錯失！」小古續道：「說不定他日你做了當紅小說家，到時我再名正言順向你拿版權改編漫畫！」

張靖舒了口氣，放心了：「那，你可以幫《覺醒》畫封面插畫嗎？」

小古想了想，斷然拒絕。

「你不想和我合作嗎？」

「當然不是……只是，我覺得這不是我們第一次合作的時機。」

「我想我明白你的意思。」

「快說，哪幾間找上你？」

「第一間『盟友集團』、第二間『播種出版』、第三間『風景出版』、第四間『浪花文創』。」

「你選哪一間？」

「你認為呢？」

「『盟友集團』，香港最大型出版社；『播種』，近幾年新崛起中小型出版，專門出版網絡小說，很有市場觸覺，亦很會製造話題；第三間『風景』，沒記錯的話，主要出版都是名人類商業財經類的書，最近才參一腳出版網絡小說；至於『浪花文創』……這間我倒沒太大印象。」

「『浪花』已成立了五、六年，是家作風低調的獨立出版社。風格較為文青，以我所知，從未推出過網絡小說。」

「唔……」小古想了想：「那我想你會選擇『播種』或『浪花』。」

「嗯，兩家也很不錯，但我想先與『浪花』會面。」

「那麼說，你是優先選『浪花』了？」

「不是我選它，而是我想知道，『浪花』為何選擇我。」

26

神隊友

第三話

「浪花文創」和「阿檸」

浪花文創

當晚，張靖回覆了「浪花」社長兼編輯阿檸，二人約了兩天後某間 café 見面。

張靖預早了十分鐘到，想不到對方也已經到了。

阿檸選了窗邊位置，一見張靖便向他揮手。

二人雖從沒見過面，但一眼就確認了對方。阿檸是個三十出頭的女性，身穿白色汗衣及長裙，架了一副銀框眼鏡，戴了頂漁夫帽，外型純樸，帶點書卷氣。

「張靖，你好，我是樂子靈，你可以叫我阿檸。」阿檸伸出手。

「阿檸，你好。」張靖握了握阿檸的手。

張靖點了杯黑咖啡，二人對望著，阿檸竟然不太自在。

「多謝你跟我見面，怎麼說呢……」阿檸有點別扭的開口。

阿檸的外型跟張靖想像中差不多，只是沒想過她會有點怕生。

「其實我並不是因為《覺醒》有人氣才找上你……我沒出版過網絡小說，但我很喜歡你的行文，所以很想跟你合作。」阿檸低語：「應該已有很多出版社找上你，所以我沒想過你會約我見面，雖然最後不知道你選哪一間，但我也很感謝你。」

「我已選定『浪花』了。」

「真的嗎？」阿檸愕然：「你跟其他出版社見過面了嗎？」

「沒有啊。」

「我還沒跟你談條件……你需要再想想嗎？」

「現在談吧。」

張靖的爽直，叫阿檸始料不及。

她甚是欣賞張靖，故亦不拐圈子。

「一般新作者的版稅，大概是零售價 8-10%，過了二千本之後加至 12%，四千本以上 15%。」阿檸徐徐説著：「但你真的可以先跟其他出版社談談，説不定他們會開出更好的版稅，到時候你才抉擇也未遲。」

「我看版稅應該差不多吧，不需要多想了，就這樣吧！」

「你真的不需要跟其他出版社談談？」阿檸托了托眼鏡。

「不需要啦。」

「可以告訴我，到現時為止，有哪幾間出版社找過你嗎？」阿檸不太好意思。

不知何故，張靖雖然與阿檸第一次見面，卻已很信任她，如實告之。

「另外三間出版社的實力也比我大得多呢。」阿檸先是一愣，接著説道：「『盟友集團』有很多資源，『播種』又是網絡出版的一哥，你為何不跟他們見個面呢？」

「我很喜歡你公司的風格，設計很花心思，也看得出你很用心製作每一本作品，我把作品交給你，應該可以很放心。」

「雖然我沒有絕對信心令你的作品放到當眼位置，但裝幀設計方面，應該不會令你失望。」阿檸自信一笑：「如果你確定跟我合作，我回去便為你準備合約。」

「好的，有勞了。」

達成初步協議，阿檸心情亦放鬆起來。當初聯絡張靖，只是抱著一試心態，沒想過可以跟對方會見，更加沒想過可以勝過其他對手。

交談過後，阿檸發覺張靖是個很正面的青年，他不諱言的告訴阿檸，出書的首個目標，是作品可以打進暢銷書榜。

二人度過了一個愉快的下午。

當晚張靖便以電郵回覆，婉拒了三家出版社的應邀。

發出電郵後不夠五分鐘，張靖就收到「播種出版」的社長 Tommy 回覆，希望跟他電話聯絡。

雖然張靖再次回覆說明已答應跟另一出版社合作，但 Tommy 仍然鍥而不捨，要求對話。張靖最終拿他沒辦法，只好跟他對話。

「張靖，我們真的很有誠意跟你合作的，希望你可以聽聽我開出的條件。」

「但我已答應了另一間出版社。」

「你答應了哪一間？簽約了沒有？」Tommy 一開始就來一輪急攻。

「抱歉，出版社不便透露；合約還沒簽。」

「未簽約就沒問題！我們打算在今年書展推出你的作品，到時候攤位內會有你的大廣告，簽名會也會為你準備。我們『播種』是網絡出版的龍頭，就算比我們更大的出版社也不夠我們好，因為我們有一班忠粉，總之是我們出品，他們都會支撐，你有沒有來過書展？」

「有……」張靖有點吃不消。

「那應該見識過我們人山人海的情況！版稅方面你放心，絕對公平！其他類別我不敢擔保，但網絡小說一定沒有其他人比我們更好！如果你沒問題，你明天就可以上來我公司簽約！」

「謝謝你的好意了，可我已經答應了別人……」

「你還未簽約，怎算答應？」

「口頭承諾都是承諾啊！」

「哎呀，別那麼執著好不好？你該知道現今最當紅的網絡小說作家也在我這邊，如果你加盟，就可跟夜王、墨先生、的士陳、任性哥、旺角東野圭吾同一間出版公司！躋身最強網絡作家之列！」

「的士陳不是唱歌嗎？他有寫小說？」

「不是內地那個啦！我們開門見山，他們開什麼條件給你？你說出來聽聽，我盡量滿足你。」

「真的與條件無關啊……」

「那還有什麼問題？論製作、論設計，我絕不會輸給任何一間大公司；至於書店擺位，你更加不用擔心，我們『播種』的出品一定可以爭取到當眼的展示位置！」

「我知『播種』犀利，不如下次吧。」

「下次？你覺得一定會有下次？你知不知道外邊很多網絡作者，因為選錯了出版社，明明寫得不錯也賣得不好，淪為一書作者！你想你的出書生涯就此完結嗎？」

「那就只好認命。」

「我最後問你一次，會不會跟我合作？」

「抱歉，真的不能。」

「那好吧。」

Tommy 掛線，張靖則鬆了口氣。

張靖可以想像，如果當初一對一面對 Tommy，可能會一個不小心招架不住他的快攻，答應跟他簽約。

Tommy 口若懸河，應變急快，你還未消化他上一段説話，他已把你帶到下一個問題上。就算正在考慮其他公司，也很難當面回絕，Tommy 總有辦法令你即時跟他簽約。所以他的出版社旗下，羅致了不少當紅的網絡作者。

一星期後，張靖跟阿檸正式簽約。

接下來阿檸便開始進行編輯工作。

已有十數年編輯經驗的阿檸，基本上一看稿子就大概知道有什麼問題，有的故事寫得不錯，文筆卻一塌糊塗，僅能以最簡單的文字表達出意思；有的文字矯揉造作，扭扭擰擰寫了好幾千字仍然看不出想表達什麼，一味玩弄文字，不斷繞圈子。

近年的網絡小説，大多以廣東話書寫居多，阿檸看過有些熱門的，廣東話與白話混在一起，當中夾雜粗口和潮語，最令她吃不消。她明白，作為流行文學，文筆的要求不用太高，但要成書，她認為要有最低要求。

她不是抗拒廣東話行文，事實上不少上一輩作者也會用廣東話寫作出書，曾幾何時香港更一度非常流行別具一格的「三及第文體」（混合了文言文、白話文及粵語）。只是她對出版有一種執著，要成書，不光是看點擊率、熱度或話題性，還要看文字的基本能力，以及成書的價值。

《覺醒》的題材本非阿檸的喜好，事實上她也從未試過出版這類架空戰鬥故事，吸引她的是張靖的説故事技巧、簡潔有力的行文。

他以數千字為一小節，每章尾段留有懸念，很會製造張力，這就是説故事的能力。

根據經驗，文字功力可以透過後天改進，但說故事的能力大都是看天分。阿檸從張靖的文字，已看得出他很有想法及天分，是個可塑性高的作者，加以琢磨，他日定會獨當一面。

阿檸用了個多月時間把稿子編輯好，以電郵回傳張靖，張靖一收到就急不及待觀看。看了一回，就覺得阿檸很厲害了！只修改了部分字眼，刪減掉一些累贅的文字，讀起來竟通順那麼多。張靖一口氣把稿子看完，心頭湧來一陣莫名感動。透過改稿，不但感受到阿檸對文字工作的認真，更讓他知道編輯的專業與重要性。

張靖好久沒有如此亢奮，回覆電郵寫上：

阿檸，你有化腐朽為神奇的能力，謝謝你！

完成編輯，之後經過內文及封面設計、校對等程序，便可付印。

由初次接觸阿檸到成書，大概經歷了四個月。今日終於印起，阿檸上午收到印刷廠的取樣，就立即約了張靖午飯。

這次輪到張靖先到，由昨晚知道今日可以看到成品，張靖就好像小學生期待學校旅行的心情，興奮得一夜無眠。整個腦海都是新書的封面。

起初只是玩票性質把想到的故事用文字記錄下來，沒想過出書。直至小古把它改成漫畫，其後狄老師約見他們，張靖才知道，自己的故事原來有出版價值。

再之後遇上阿檸，張靖終於對出版產生興趣。
他比約定時間早了半小時到達，以期待的心情等待阿檸出現。之前就算面對狄老師也可以保持淡定；此刻竟如坐針氈，不時望向入口，不能好好待著。
經歷漫長的二十分鐘，阿檸終於從門口步入。
「阿檸！這邊呀！」張靖站起來向阿檸揚手。
阿檸揚手示意，步向張靖方向。
阿檸坐下來，把環保袋放在地上。張靖目光停留在那袋子一會。
「今日我請你，看看吃什麼。」張靖把點餐牌遞給阿檸。
阿檸點了餐，便從環保袋裡取了幾本書出來，張靖已等不及了，從她雙手接過成品，就露出了天真的笑容。
一直在小康之家長大的張靖，不愁物質，收過的獎勵禮物不少。由於對電玩、模型通通不太感興趣，故每逢收到父母的禮物，都只是不失禮貌地機械式的表現一下開心。
他從來都是個淡淡然的人，說實在的，連他自己也不知道到底有什麼事物可以令他從內心深處雀躍起來。
今天，他終於找到了答案。
手上的實體書發出一股熱流，傳送到體內每個細胞神經，燒紅了血液，暖遍四肢百骸。

我很喜歡出版！超級喜歡呀！

——張靖內心吶喊。

書腰的賣點推介和封底的簡介，都是來自阿檸的手筆，那是對故事內容非常熟悉才可撰寫出來。

看了那些精煉而到題的文字，張靖由衷佩服阿檸的編輯能力和文案力。

還有書名設計、內頁行距、用紙以及封面加工物料，都看得出是經過細密思考，否則絕不可能有此效果。

編輯雖未必可以由零開始創作故事，但絕對可以令作品添上光澤與色彩，錦上添花。

張靖拿著書翻了一次又一次，連點餐來了也未發覺。對自己著作的滿意和精神大飽足，已令他忘記了物理上的肚餓感覺。

「你拿著書本就飽了嗎？」阿檸笑說。

「不好意思……」張靖露出天真憨笑：「書做得很好，我真的很感謝你。」

「你滿意就好。」

「怎可能不滿意？我想沒作者對你製作的書感到不滿吧！」

「也不盡然……」

阿檸欲言又止，似乎曾試過跟其他作者鬧意見。

她不想說，張靖也沒追問。

「未跟你合作之前，我已有留意你出版的書，我覺得你每一本都很用心，所以我從沒有擔心過，只是想不到，成品的效果比想像中還要好。」張靖愛不釋手：「我很喜歡你寫的文案：『那是一場顛覆想像的史詩復仇劇場！』！」

「別朗讀出來啦。」阿檸感到尷尬。

「好的……」張靖喜道，把書放到鼻子前猛吸：「好香。」

「你好像一副從未看過實體書的樣子。」

「哈哈，那是寫了我名字的書。對了，小説什麼時候在書局上架？」

「下星期。」

「其實我一直想問你……下個月就是書展，為什麼不等到書展才出版？」

「很多作者也喜歡在書展出版新書，但其實作為新作者，在書展出書一點好處也沒有。」

「哦？竟然？」

「書展期間，少説也有幾百本新書推出，能夠跑出來的，大多都是那些已有名氣的作者的書，或者下重本做宣傳的；沒名氣的、或是新作者的出品，很容易就會被湮沒在書海中。而且書展過後，將會有海量新書湧出市面，市場是殘酷的，而且書店位置就那麼多，店長或店員會選有名氣的、大出版社的放在明顯的擺位——我們俗稱那叫做書店的『豬肉枱』，其他的，就只能放到書架上，讀者只會看到它的書背而已，可能就此不見天日，錯過完整展示的機會。」阿檸一口氣説。她停下來喝了口清水再説：「由於六月新書不多，我們在這時候出版，反而更有可能在書店爭取到當眼的新書展示位置。」

「原來是這樣的。」

「但近年也有例外，有些作者在網絡上儲了人氣，就算在書展首次推出個人作品也有好成績的，只是……他們出版社都有自己的攤位。很抱歉，因為公司只有我一個人，所以我還未有信心及力量可以處理這事項，實在抱歉。」阿檸又道：「不過你可以放心，我們的發行有攤位，所以你的新書在書展也有售啊！」

「沒問題、沒問題，能夠出版實體書，我已覺得很幸運的了。」張靖一摸再摸手裡的書。

「如果你摸夠了，不如先吃飯好不好？」

「好好，嘻嘻。」張靖放低書傻笑。

其實今天只是他們第二次見面，但由於這幾個月不時經手機或電腦溝通，除了工作，偶爾也會閒聊其他話題，故此已漸漸熟絡起來。

一星期後。

張靖獨個兒走了好幾間書店，也只能在書架上找到自己的新書，不是書櫃的最低層就是混在舊書當中，總之就是——不當眼。

由於被插入書架，連封面也沒展示出來。就算刻意找也要花上不少時間，何況是讀者。

以前逛書店，如果沒目的找某本書的話，身為讀者的張靖只是看看展示位有什麼新書出版，很少會在書架上找尋。因為一家書店，收納了上萬本書籍，總不能每個層架逐本細看。

當了作者，張靖才明白，把寫好了的文字製成書本，當中經過編輯、設計、插畫、校對、印刷等工序……已經相當花功夫，當他以為成書之後可以鬆一口氣，才知道真正的戰鬥才要開始。

正當他帶著失望的心情走到第八間書店，突然眼球放大，視點落在展示枱的左上角。

他終於看見自己的作品平放在書桌上！

那種激動的心情，非筆墨可以形容。當下立刻取出手機，從不同角度拍了十幾張照片。雖然是放在不算起眼的一角，但能將封面展示，張靖已很滿足。起碼可以讓讀者留意到如此用心繪畫的插畫及設計。

桌上的《覺醒》疊起來只有五本，他望著這幾本書十幾分鐘後，決定支持自己，拿起一本走向收銀處。

然後又被收銀處旁的暢銷書榜吸引住。他在想，自己有可能躋身這個十大暢銷書榜嗎？他的目光移向暢銷書榜的第一位：《就這樣在我的世界掠過》，作者令如湘。

張靖當然有聽過她的名字，因為令如湘就是當今流行文學的風頭人物，是繼亦舒和張小嫻之後，最具銷量保證的愛情女王。

張靖此刻當然不會知道，這個名字，日後將會不只在他的世界掠過，更會停留，再而掀起一場驚濤駭浪。

第四話「就是創作」

就是創作
justCREATE

興奮了半天，當晚張靖就把書局的照片傳給了阿檸和小古。

阿檸當然明白作者初次在書局看到自己作品的心情。

WhatsApp 了一會，阿檸就開始入正題。

「你很有潛質，我希望你不會對寫作三分鐘熱度。」

「不會啊，只要你願意幫我出，我會繼續寫。」

「嗯。那你想好了下本書的題材沒有？」

「已想好了，是一個連環殺手遇上全職殺手的故事。」

「是寫實題材嗎？」

「對啊。」

「唔……」

「有問題嗎？」

「沒什麼問題，只是根據我以往的經驗，通常每個作者都有自己的偏向題材，這比較容易確立作者的定位。」

「我明白你的意思，即是寫鬼怪的就主力鬼怪，寫愛情就集中寫愛情。」

「傳統的方向是這樣，但你是網絡作者，我不可以用舊有的做法套用在你身上。」

「謝謝你。其實我已動筆，寫了好幾萬字，修稿後給你看看，你覺得夠水準出版才再考慮。」

「好的好的！」

對於出版，阿檸有一種執著。又或者，十多年來也是沿用傳統的做法，難免會被既定的一套模式綁住。

張靖是她首位合作的網絡作者，對方比自己可能更了解網絡創作的運作，故此她也不能固步自封，既已作出了新嘗試，就要有改變想法的覺悟。

一個月後，香港書展來臨。

開幕首日的早上，阿檸約了張靖在會展大門等。

張靖和小古在一起，在開幕前半小時已到。

會展外面已經排滿了準備進入書展的人群。

「不知為何，今天有點緊張。」張靖笑說。

「緊張？你的書已出版了一個月，還會緊張？」

「我也難以解釋這種感覺……可能知道第一次在書展出現自己的書吧？」

「會不會以前是以讀者身份來書展，今次多了個作者身份？」

「也有可能。」

這次是張靖首次以作者身份參與書展，雖然他的出版社「浪花文創」沒有擺攤位，也沒有舉辦簽名會，但自己的作品確實會在場館出現，不可能若無其事的。

除了緊張，相信還夾雜了興奮與雀躍的情緒。

「早安！」阿檸走到二人面前，拿出兩張員工證：「二人一張。」

二人把證件掛在頸項上。

「可以走了。」阿檸說。

「阿檸，這是我的朋友——小古。」張靖向阿檸介紹。

「你好。」小古有點靦腆。

「嗨。」阿檸微笑。

「阿檸很犀利的，除了是出版社老闆，也身兼編輯啊！而且她還懂得排版美術，熟悉印刷運作……」

「夠了夠了。」

張靖一口氣誇讚，阿檸卻刷地臉紅起來。

「我們進場吧。」

「好、好！」

距離開場還有十五分鐘，展廳只有工作人員，還未見讀者買書的墟冚情況。各個攤位人員正做最後準備，有的忙於擺放陳列書籍、有的分配人手、也有人還在布置。

張靖與小古初次在開幕前走進展館，感覺到書展即將開始的活動氣氛。在他們身旁經過的人步伐都相當快，整個場館的節奏都很急速。

「書展即將開始，快跟我來。我帶你見見我們的發行。」

阿檸向前急步而行，來到一個偌大攤位，舉目去看，攤位上方除了放置了巨大的小說封面，還有一個寫著「滙海」的招牌。

阿檸的目光搜索了好一會，在攤位的收銀區附近看到她要找的人，向他揚了揚手。

「陳先生！」

阿檸領著二人走到陳先生面前，那是一個架粗黑眼鏡、年約五十的中年男人。

「陳先生，一切準備就緒了嗎？」

「放心，準備好了！」

「跟你介紹，他是我出版社的作者張靖，另一位是他的朋友小古。」阿檸先望向二人，介紹過後再望向陳先生：「他是我們發行的老闆陳先生。」

「你就是張靖！」陳先生一喜：「我有看《覺醒》啊，在網上連載時就已經看過了！」

「是嗎？嘻嘻。」張靖傻傻一笑。

「來來來，帶你看些東西。」

陳先生帶三人去到攤位一個區域，這裡是特別為阿檸布置的小專區，擺放了「浪花文創」出版的書籍，其中最當眼位置，是疊起來的《覺醒》小書山。而且還特意製作了小型廣告牌，上面印著：年度話題地鳴級新人張靖——平地驚雷，橫空覺醒！

「嘩！」張靖嘴角不由自主上翹。

在旁的小古，第一次看到他的好朋友露出一個猶如小孩子收到最心愛玩具般的雀躍表情。那種由心而發的喜悅，怎樣裝也裝不出來的。

「書展差不多開始了，我們不要阻著陳先生了；走吧，我們四處逛逛。」阿檸邊說邊移步：「陳先生，今年繼續好生意！」

「一定、一定！」陳先生笑著說。

離開了「匯海」攤位不久，就踏入早上十點正，大會播放宣告，今屆書展正式開始。讀者魚貫進場，第一批人大多都是有目的而來，有些更以極速飛奔，衝到攤位。

「每次看到書展的情況，就有錯覺以為香港人很喜歡看書。」阿檸苦笑。

「我雖然不太了解出版市場，但聽説很多出版社的主要收入都是來自書展，是否表示書展以外，他們的書都賣得不好呢？」

「也不是所有的書商都只靠書展的，不過怎麼説呢……書展期間，我們的確會多了些收入，是來自讀者的『衝動消費』。」

「明白。」

「遲一點你自然會理解更多。好了，你們慢慢逛，待會再聯絡。」

「好的。」

跟阿檸分開後，張靖跟小古就無目的地四處閒逛，經過「播種出版」攤位時，他們停留了一會。

整個攤位都聚滿了年輕的讀者。

小古讚嘆：「『播種出版』真的很受年輕人歡迎啊。」

「他們的確做得很好。」

張靖發現人群中有一雙眼睛望著自己，二人目光相接，那人朝張靖走過來。

「你是張靖？」年約三十多歲，有點瘦削的男子説。

「對啊……你是？」

「我是『播種』的老總 Tommy，早幾個月曾經跟你通電。」

「你好，沒想到你如此年輕。你怎會認得我的？」

「我有看你的訪問報道嘛。這次不能跟你合作，真是感到遺憾，如果你的書在我公司出版，就是今年『播種』的重點！」
Tommy不等張靖回話，自顧繼續說。
「你的作品會擺放在當眼的位置，攤位設計亦會以《覺醒》為中心。」
「沒辦法啦，我已簽了給另一間出版社。」
「我知道，但你會繼續寫書的嘛，我們還有合作機會。」
「對，總會有機會的。」張靖揚手，準備離去：「不耽誤你時間了，我們再去其他地方走走。」
「等等……」Tommy叫住張靖：「其實你為何選擇『浪花』呢？是不是我們有什麼地方比不上它？」
Tommy的提問，教張靖一時間也不及反應。
但他倒欣賞Tommy如此直接。
「我喜歡『浪花』的出版風格。」
「我們公司專門出版網絡小說，風格不是更鮮明嗎？」
「怎麼說呢……」張靖想了想：「我選『浪花』的原因，大概因為它是一間很有溫度的出版社吧。」
「溫度喔……」Tommy沉默了一會，報以一笑：「我想我大概可以理解，謝謝你。」
「下次見！」
張靖向Tommy揚了揚手就跟小古離開。
「我剛才站在你身旁也感到喘不過氣。」小古吐了吐舌頭。

「他是有點進逼，不過我又頗欣賞他的直接。」
「也是。」
二人漫無目的地閒逛，轉眼就耗了幾個小時。吃過午飯，補充了體力，又再逛過。
張靖每次經過「旭日文化」，都不期然會仰頭望向上方的橫額，上面有張巨大的漂亮插畫。
寫著：愛情女王令如湘最新著作《就這樣在我的世界掠過》電影化！
海報下方，印有一個長得很漂亮、微笑著的女生的照片。
張靖呆呆的望著那照片好幾秒。
「你已經望了很多次了，認識她嗎？」
張靖搖搖頭。
「有看過她的書嗎？」
「還沒，現在去買。」
張靖在攤位拿起書，然後去收銀處付費。
收銀員找續時跟張靖說：「令如湘的簽名會剛開始，你可以拿書及收據排隊簽名啊！」
「啊……」張靖收起零錢，望著收據愣了半天。
「簽不簽？」小古在旁問道。
「去看看。」
簽名位置就在收銀處的另一邊，他們走去看，已發現有一條長長的輪候簽名人龍。
「很多人，起碼要等半小時以上呢。」
「算吧，還是不簽了。」張靖欲言又止：「不過……我想走近看一看。」

張靖穿過人龍，走到簽名位置的正面，這時候令如湘剛為一位讀者簽完名，抬頭把小書交到他手上，笑了笑。

讀者離開之時，令如湘的視點剛好看到不遠處的張靖，在電光火石的一眨眼間，二人目光接上。

令如湘竟然向他露齒揮手。

張靖走了神，跟他明明不相識，她何以會對自己揮手呢？

張靖生怕自己會錯意，一時間沒有回應，望望後面又沒有其他人。當他回神過來，令如湘已經繼續幫其他人簽名了。

張靖覺得站在這裡有點怪怪，於是就提步走開。

「你跟她真的不認識？」小古疑惑。

「不認識啊！」

「她剛剛好像跟你打招呼。」

「你也覺得嗎？她是真的向著我揮手嗎？」

「嗯，她分明是望著你。」

「我也覺得是對著我，不過可能是她認錯人。」張靖抓抓後腦。

此時，一名初中生走到張靖面前。

「你好……」初中生有點害羞：「你是張靖嗎？」

「喔……對啊，有什麼事嗎？」

初中生從背包拿出書和筆：「可不可以為我簽名？」

「啊？」張靖呆了一秒，接過書和筆：「可以，當然可以。」
「上款請寫：祝林小航早日追到何慧玲！」
「吓？你是林小航？」
林小航點頭。
「何慧玲漂亮嗎？」
「超漂亮，但有點肥。」
「哈哈！」張靖簽完後，把書遞給林小航：「祝你馬到功成。」
「謝謝。」
接過書，林小航轉身就走。
張靖會心一笑，心想：林小航，我會記住你，你是第一個找我簽書的讀者。
「張靖。」
阿檸在向張靖迎面走來。
「你們有什麼收穫啊？」
「買了幾本流行小說。」張靖答。
「我有東西給你看。」阿檸把手機遞到二人面前：「這是朋友剛剛傳給我的。」
張靖看了幾秒，眼珠突然瞪大，望了望阿檸，又望了望手機。
「都說你行的！」小古輕力搥了他肩膀一下。
手機上的照片，是書局六月暢銷書榜，《覺醒》竟然榜上有名，登上了第九位。
「Yeah！」張靖握拳。

張靖雖沒有表現出超級興奮，但在旁的小古可感到，他的內心十分激動。

望著面前的阿檸，張靖很想大力抱她一下（他當然不敢），對她說一句多謝。《覺醒》能夠上榜，很大原因是六月出版的新書較少，才能爭到一席位。

阿檸的出版策略，為自己打下一個很好的基礎。

如果放在競爭激烈的七月出版，還可以在榜上見到自己的作品嗎？

「我的書明明擺位不好……怎可能上榜？」

「首次出貨，且你是新人作家，書店和店員可能還沒太留意這本是什麼書，所以位置都放得不好。但出版後第二個星期，很多書店已賣缺貨，補了新貨回來。通常有補書，代表有流動、有讀者追捧，他們就察覺到《覺醒》有潛力，自然愈放愈好。」

「阿檸，全靠你，謝謝。」

「不用謝啦，你的書受歡迎，我也賺錢的。對了，有沒有聽過『就是創作』出版社？」

「有啊！」

「總編是我的好朋友，過去打個招呼好嗎？」

「好啊。」

「你們去吧，我差不多要走了。」小古婉拒。

「如果你有空，可以一起去啊。」阿檸友善：「沒特別事，只是閒聊。」

「不了，你們去吧。」小古笑笑。

「不一起嗎？」

「真的不了。」小古推了推張靖：「再聯絡啦。」

小古說完就逕自離去。

此刻的他實在不想站在張靖身旁，讓阿檸繼續以「張靖的朋友」來介紹自己。

他當然知道阿檸沒任何負面意思，只是這感覺不太好受。

跟張靖在書展走了半天，他已先後遇上了發行老闆、出版社老闆，還有索取簽名的讀者，小古可感到，他的朋友已找到了屬於自己的世界。他更可預見，張靖將會在這圈子闖出頭。

他真心為朋友高興，同時也有一點羨慕……甚至是，妒忌。

張靖找對了路，接下來就只看他如何走下去。

自己呢？年紀跟他相若，到現在還未有明確的方向與目標。

小古當然知道絕不能一直在超市待下去，那裡不是自己的世界，但為了生活，他暫時沒辦法放棄這份工作。

張靖的機會已然來了，自己的機會卻尚未出現。他喜歡畫畫，但在香港靠畫漫畫為生的，現在還有幾人？

小時候他曾幻想過長大後可當漫畫家，誰想到十多年後，香港畫壇幾近沒落？主筆更已是稀有物種。

主筆夢，應該是難以實現的了，能找一份跟畫畫相關的工作，也該很滿足。但還要等多久呢？

人呢，就算有相等的才華，只是欠了一分際遇，命運卻可天差地別。

「就是創作」的書籍以圖文書為主，張靖有留意到，他們剛開始時有出版網路小說，近幾年發展圖文小說、繪本市場，不惜工本在小說加入了大量的插畫，在兩三年間確立了公司形象。

只見攤位內聚滿了年輕的讀者，有的在看書，有的在找作者簽名。

眼見有三、四個作者站在不同位置為讀者簽名，這情況很特別，通常其他出版社，都會在攤位設特定的簽名區域，但「就是創作」好像很隨性，讀者找著作者、作者找著位置，就隨便簽起來。

不少作者都有作者光環，來到書展就會把自己看高一等，要他們自己找位置簽名，正常也會感到不爽。但「就是創作」卻沒這個情況，他們的老闆、員工和作者跟讀者有說有笑，反而更加親切、接近。

攤位裡的氣氛明顯有點不同，所有人都好像打成一片，好像家人朋友般。

張靖瞧見一個個子不高的女生，一時招呼讀者，一時走到作者旁幫忙，一時又到收銀處幫手，不斷游走，忙得不可開交。

阿檸一直在攤位站著，不敢打擾她，直至她終於發現了自己。

「阿檸！」她笑著走向二人處。

「Miya，你們反應很好呢。」

「算是不錯了。」Miya 望向阿檸身旁的張靖：「這位是你朋友嗎？有點眼熟。」

「他是跟我合作的作者——張靖。」阿檸：「她是『就是創作』的總編 Miya。」

「你就是張靖！我有看你的訪問，難怪會這麼眼熟。」

「你好。」

「其實我很想跟你合作的，可惜我後知後覺，到我看過你的訪問，才知道阿檸已找了你。」

「哦？」張靖一愕。
「沒騙你，是真的！」
「你已經有那麼多好作者，別跟我爭啦。」阿檸輕力拍了 Miya 一下。
「不會啦，我哪有這個膽。」
「說真的，你們今年的書做得很好，封面及插畫都好高質素。」
張靖在桌上拿起一本書，翻了幾頁，發現是全彩色印刷。
「嘩，全彩色小說！」
「彩色印刷成本比黑白高出一倍以上，他們還要用高質紙，加上額外的插圖費用，真不知他們怎麼賺錢。」
Miya 笑而不語。
此時一名工作人員走到 Miya 身旁：「Miya，有記者找你。」
「知道，我現在過去。」
「你先忙，我們書展後再約吃飯。」
「好的！」Miya 望向張靖：「吃飯再詳談啊。」
「嗯！」
Miya 與記者打了個招呼，交換名片，說了幾句話，便走到不同作者身旁說：「攝記來了，大家先一起拍照。」
「難怪同一時段會有幾個作者齊集一起，原來是約好做訪問。」張靖心想。
張靖看見 Miya 跟六位作者在攤位前大合照時，有說有笑，完全是混在一起。

要知道每一個創作人，都有其獨特「個性」，跟他們相處，是一門很大的學問，要跟他們混成一片，就更加不容易。

「就是創作」的作者，似乎對 Miya 相當信任。Miya 在公司扮演著 keyman 的角色，除了負責正常的編務工作，還要跟每一個作者保持良好關係。

「Miya 表面雖然柔弱，但魄力強大。而且編輯能力、市場觸覺也很高，還有最厲害的一環，你知道是什麼嗎？」阿檸在旁解釋。

「親和力。」

「你倒聰明啊！」阿檸笑說：「多點留意他們的動向，如果有一天你不跟我合作，我推薦你去『就是創作』。」

「你想趕我走？」

「不是啊，只是日後的事沒有人知，說不定有天我要移民，把公司結業呢。」

「那到時再說吧。」張靖岔開話題：「對了，之前跟你說的那個『連環殺手鬥殺手』的故事，已寫了六、七萬字，這兩天會先傳部分給你看。故事名想好了，叫《邪惡物種》。」

「故事名不錯。我收到後會認真看看。」阿檸醒起什麼似的：「你下星期五晚有空嗎？」

「那天應該沒有特別事。」

「我跟一些作者每年書展後都會有個聚會，我想邀請你一起去。」

「作者聚會！我想去啊！會有什麼作者？」張靖表現雀躍。

「每一年都會有不同的，因為舊有的作者可能會帶一些新朋友來。」阿檸頓了頓：「比較固定的就有逆水、慕容公主……陳浩基。」

「陳浩基！《13・67》的陳浩基？」
「做作家的，還有哪一個？」
「我超級喜歡《13・67》，到時要拿給他簽名！」
「哈哈，你到時由作者變了小fans。」
張靖這刻已在期待聚會的來臨。

第五話

「陳浩基」

陳浩基
13
67
修訂版
從過去到現在，從躁動到理智，從無序到有序……
六宗發生在香港歷史上關鍵年份的案件，
串連起一個警探傳奇的一生，
勾勒出一個城市、一個時代的故事，
交織成一部最具本土味道的寫實派犯罪史詩！
13
67
修訂版
陳浩基

逛了半天書展，見過幾個出版人，張靖對出版界多了點了解。除了幾間巨頭出版社，這幾年香港出現的獨立出版社原來也不少；而同為獨立出版，也各有不同的方向及模式。

像是阿檸的「浪花」偏向文學類，產量少，但慢工出細活，每部作品都像手工製作般用心精美；鮮有爆炸話題作，很少蹭熱度，卻有種默默耕耘的台灣文青感，有麝自然香，漸漸為人熟悉，儲了一班忠實讀者。

又如「就是創作」主打圖文小說，旨在同時培育文字作家和畫家；富動漫感，風格強烈，以中小學生及青少年讀者群為目標對象，訂立非單純寫字創作的跨界路向。

而「播種」則可說是網絡小說的專門店，全港九成一線網絡小說作者盡歸旗下，在市場上甚具風頭。

另外還有「黯然出版」，由暢銷小說作家黯然創立，大多都是出版自己的作品和他的愛貓寫真。

認真觀察過才知道，在香港，這類獨立出版原來為數不少；比起一些學院派的純文學類別，給人印象不求銷量（部分依賴政府資助生存）以及曲高和寡，追求獎項多於銷量，它們相對較有市場價值，會尋求在商業與藝術之間取得平衡，而且更具彈性。

由於規模小，通常主理人可以很快做出決策，物色到好作者好作品就可以立即行動，省卻向上司匯報再等待評估再開會表決等累贅過程。

在這年代遇到好作品，就要鬥快出手向作者招手，時間不會等人，對手也不會等你。

在這方面，獨立出版反而有這種優勢。

逛完書展，張靖的創作魂大盛，新作《邪惡物種》第一稿已接近完成，略為修改，他就把首三萬字電郵給阿檸。

隨後幾天，他沒看電影沒看小説甚至連賺錢的工作也推掉，只因他要把稿子大幅潤飾。

張靖寫小説的流程分為三個階段：想故事、第一稿、修稿。他最享受的是修稿，進入了這部分，便像上了身般不分晝夜，寫個日月無光，將所有精神都集中在寫作上。

不是百分百喜歡寫作，絕不可能如此投入忘我。

那種接近瘋狂的熱情，連他自己也意想不到。花了幾天時間，張靖便把稿件修改完成。只欠結局，便大功告成。

想了幾個版本也未感滿意，張靖決定先休息一下，待明天再動筆。

明晚就是作家聚會的日子了，張靖特意沒有再問阿檸會有什麼人。除了陳浩基，他不知道還有什麼作家會出席，他享受滿心期待的神秘感。

聚會定於灣仔一間中式菜館。

張靖第一次參加聚會，阿檸約了他在附近會合，然後一同前往。

打開菜館房門，有幾位作者已到，張靖認得其中一個就是陳浩基。

「阿檸！來來來，坐我這邊。」陳浩基笑説。

阿檸坐到陳浩基旁：「基哥，你們都早到了。」

「反正沒事做，早點上來坐坐。」陳浩基望向阿檸身旁的張靖，友善道：「張靖，你好，我是陳浩基。」

「你好。」張靖回以一笑。

「你很厲害，第一次出版就上榜！」

「全靠阿檸。」張靖望向阿檸。

「這是你的作品，讀者買書是因為你啊。」阿檸不搶功。

「不用謙虛了，你們都厲害！跟你介紹，我身旁這位是小野，你應該知道他是誰吧？」

「當然知道，他的《急行夜車》那麼有話題，怎會沒聽過。」張靖一早已拜讀過他的作品。

《急行夜車》是這幾年最火熱的網路小説，總銷量已突破四萬，可説是出版界的神話。

《急行夜車》在連載中段已爆紅，小野要一邊承受網絡讀者追稿的巨大壓力一邊完成故事，壓力甚大；結束這個連載後，就再沒在網上推出過新作。

張靖沒想過作者是個二十出頭、一臉稚氣的少年。

張靖向他點頭，小野靦腆擺了擺手。

「這兩位是小雲和多雲。」陳浩基望向小野身旁兩個雙生女孩：「她倆是孖生姊妹，聯合筆名叫慕容公主，有聽過嗎？」

「抱歉……請問她們的作品名是？」張靖語帶尷尬。

「沒聽過也是正常啊，她倆雖是香港人，但作品都在台灣出版。」陳浩基一笑：「她們二為一體，在台灣很有名的。」

小雲和多雲樣貌幾乎一樣，但打扮迥異，小雲一身蘿莉服，多雲則穿搖滾裝。

「你好。」小雲和多雲同聲説道。

「嗨。你們喜歡的東西都一樣嗎？」
小雲和多雲搖頭。
「我吃素，她吃肉。」小雲。
「我愛恐怖片，她愛純愛片。」多雲。
「我聽古典，她聽搖滾。」小雲。
「我養狗，她養貓。」多雲。
「想不到會相差那麼遠。那你們喜歡哪種寫作題材？」
「——BL！」二人異口同聲。
「她倆雖然大部分喜好都不一樣，但寫作方向卻很一致的！」陳浩基笑說。
話語甫畢，包廂的房門打開，陳浩基對進來的人揮手。
「令如湘。」
令如湘？
張靖往房門一看，那個叫令如湘的，正是他在書展有過一面之緣的愛情女王令如湘！
令如湘一進來就坐在張靖旁邊。
「跟你介紹，他是張靖。」陳浩基向令如湘說。
「我知道啊！」令如湘向張靖說：「我叫令如湘，你可以叫我Molly、阿Mo，或直接叫令如湘也可。」
張靖握著令如湘軟若無骨般的手。
「你好。」張靖望著令如湘大大的眼睛。

「為何我在書展跟你揮手，你不理我？」令如湘直接說。
「我以為你跟其他人打招呼。」
「我明明是望著你，我也見到你望著我。」
「那，是我不好。」
「是喔！」
這時候又有幾個人一同進來。
一個跟一個的進入房間，相繼坐下。
「我來逐個介紹。」陳浩基望著剛坐在小雲身旁的人。「這位是Mr. RUN，他的《崩壞》三部曲有很好的口碑，有聽過嗎？」
「我有買《崩壞》啊！」張靖向Mr. RUN點頭。
Mr. RUN是個方臉男，成名作《崩壞》講述世界被病毒入侵，人口不斷流失，步入末日世紀，倖存下來的人，為求繼續生存，面對著種種扭曲人性的挑戰。
Mr. RUN隔離的長髮男叫逆水，除了頭髮，睫毛及手指也很修長，皮膚很白，有點像女生。看外表應不會想到他偏好寫暴力架空格鬥。
跟著是寫推理的秋吉和善於都市驚慄的夜王。
陳浩基、阿檸、張靖、令如湘、Mr. RUN、小野、多雲、小雲、逆水、秋吉、夜王，今晚來聚會的都通通到齊了。除了張靖、秋吉與夜王，其他人也不是第一次出席。
「秋吉和夜王你們好！」陳浩基紳士地說：「我叫陳浩基。」
「基哥你好，好高興認識你，你是我的目標啊！」秋吉表現興奮。

秋吉個子不高，聲音卻很大。一頭鬈髮，架一副大圓框眼鏡，造型很像漫畫的正太角色。

「不是吧，我的書在香港不是超好賣啊。」

「但你的《13．67》賣出了多國版權，連日本市場也打入了，羨慕死人！最最最犀利的是，連王大導也買了你的電影版權！」秋吉一口氣說。

「很多事都是機遇，況且最終能否開拍也是未知數。說犀利，一定不及小野及令如湘，他倆的作品都已拍成電影，票房還不錯！」陳浩基再補充：「令如湘的新書剛剛又賣出了電影版權啦！」

「你們都很犀利！」秋吉真心佩服。

「不是我犀利，是我老闆有能力而已。」令如湘笑說。

「我知道，你老闆是『旭日娛樂』的林志旭，主要搞電影的。」秋吉搶著說。

「嗯。」令如湘點頭。

「你老闆很有頭腦，拍電影需要好劇本。他自己開出版社的話，某部作品受歡迎就可以直接拿來改編；只要有創作，就有潛力可以成為劇本。」陳浩基笑說：「成本小，效益大！」

「對啊，很多電影公司都把重點放在明星身上，劇本卻看得較輕，但旭仔認為故事及創意才是電影最重要的元素，所以只要遇到好的題材，他都願意投資。」令如湘淡淡說著：「電影成本動輒幾千萬，出版社對他來說只花費很小。這門投資對他來說很划算啊。」

「你稱呼老闆旭仔？」秋吉問。

「對啊，他雖然是老闆，但沒架子，不喜歡員工叫他林先生。」

「聽說他長得很帥，真的嗎？」小雲心心眼。

「嗯，比很多明星還要帥。」令如湘笑說。

張靖望了令如湘一眼，發現她提嘴角彎起。

「有錢又帥又有頭腦，那他簡直是總裁系列的男主角喔！」小雲跌入了自我幻想空間。

到了上菜時間，大家邊吃邊說，話題亦開始深入。

「夜王，聽說你下一部作品要自資出版了，是嗎？」陳浩基問。

「嗯，是啊。」夜王點頭。

「你跟『播種』不是一直合作得不錯嗎？為何突然有這個念頭？」

「其實都不是突然……我認為出版社賺太多了。」夜王瞄向阿檸，閃出了點尷尬：「阿檸，我知你是出版社老闆，但請別介意，我認為現時的版稅計算方法，對作者有點不公平……以我為例，第一部作品三度再版，總銷量超過一萬本，版稅只分得到三萬，出版社卻有五十幾萬進帳。」

「你的作品零售價是多少？你的版稅又收多少？」阿檸問。

「售價九十八元，我收8%版稅。」

「九十八元，你每本收8%，即每本可以收到$7.84。」阿檸拿出手機計算：「如果實際銷路有一萬本，你應該可以得到接近八萬元。」

「但老闆跟我說，銷量只有六千。實銷數字，是一位發行朋友告訴我的。」夜王雖表現得冷靜，語調也似沒有起伏，但大家都感到他的怒火。

「我不是要幫他說話，只是出版社也有風險；就算帳面有五十萬進帳，但扣回印刷費、編輯、設計費等開支，還要跟發行、書店拆帳，大概收入約三十萬；另外還未算租金、貨存、宣傳費等額外開支。」

「那已比作者好得多啦！」夜王開始激動：「一本作品之所以暢銷，無可否認是因為作者吧？那為何作者的利益卻如此小？我知道出版社需要承擔賠本的風險，所以我亦沒有要求拿最大利益，只希望可以得到公平對待。現在這個分成，你覺得對我們作者公平嗎？」

「沒錯，你現在的分成的確有點含糊，亦不透明……」還未等到阿檸把話說完，夜王已禁不住又要發話。

「又含糊又不透明有夠差了吧？老闆一定幫老闆的了。」

「我跟他又不認識，怎會無故幫他！」阿檸語調雖然平和，但已激動得一臉漲紅。

「好了，都別動氣，今天這飯局是希望行內朋友可以多點認識和交流，並非想令大家不快的。」陳浩基打圓場說。

陳浩基在業內有一定身份，他既然已開口，夜王便沒有再糾纏下去。

「對不起，是我激動了點，但也很難怪我啊，一想到被出版社騙錢，我便控制不了情緒。」

「我也是作者，說句公道話，你跟出版社的事情，可能是個別例子。」張靖終於忍不住口。

「你是新作者，還滿腔熱血。」夜王望向張靖說：「不過熱血不可以當飯吃，你很快就會清楚我現在的感受。」

夜王說的雖然不是衝著阿檸，但在他口中，似乎出版社老闆就是貪財騙子吸血鬼，阿檸只覺得十分委屈，快要哭出來了。

「我想，以我的出版量，應該能說句公道話。」令如湘不慍不火：「我認為，並非所有出版社都不公平的，只是看你懂不懂選擇好的出版社。以我為例，我認為『旭日文化』的條款很公道，所以我會繼續跟他們合作。」

「那是你好彩而已。」夜王不忿。

「對啊，我很好彩，你知道好彩也可以自己製造嗎？根據統計，品性好的人，比壞脾氣、凡事諸多計算的，運氣高出 30% 以上。因為品性好的人，會產生一種正念磁場，能吸引好人好事。」令如湘自豪地說：「所以我夠運氣，遇到好出版社、好編輯、好老闆。」

令如湘說得言之鑿鑿，但弦外之音，不就是說夜王之所以遇到不好的待遇，是因為他脾氣不好、不夠運氣。

這一番說話出自暢銷作者口中，夜王欲辯無從，有點兒意難平。

令如湘替阿檸出了口氣，阿檸向她點頭示好。

為化解雙邊尷尬，陳洛基開了新話題。

「逆水，新作進度如何？」

「寫了兩萬多字，下星期應該可以開始連載。」

「這次是什麼題材？」

「未來的世界，一切以力量為重，要成為立法會議員、政府主要官員等，都得進入格鬥排名大會……」逆水手舞足蹈，愈說愈興奮：「每五年一屆，最好打的，就能當選天下第一領導人！」

逆水大部分的故事都很中二，很抽離現實，但他在網絡小說平台卻一直人氣高企。

他曾經寫過一個《無境之戰》故事，人類在一夜間沉睡在夢中，要在夢裡尋找對手，勝出才能蘇醒，敗者只能一直困在夢中。沒有故弄玄虛的情節，也沒太多懸念，純粹賣弄刺激官能，而且每一回結尾也能寫出張力。

連載超過三千人次追看，實體書一出，首1500本兩星期便賣光。

逆水忘我過後，露出尷尬表情。

「對不起，每次說故事也是這樣子……」逆水傻笑道。

「我之前也有看你的連載，想不到今日可以聽到你親身演繹最新故事！」張靖也情緒高漲。

「是嗎？你有看我的連載？真的嗎？」逆水大喜。

「真的，由《無境之戰》開始我就追看。」

「嘻，其實我也是你粉絲。」逆水從背包取出《覺醒》：「待會幫我簽名可以嗎？」

「可以……當然可以。」還未習慣幫人簽名的張靖，有點難為情。

「我也買了。」小野向張靖靦覥一笑：「請問也可以幫我簽嗎？」

張靖用力點頭。

「嘩，似乎張靖是新一代創作界的紅人呢！」陳浩基打趣說。

「不不不，基哥不要亂說啦。」張靖臉紅。

「你很害羞喔。」令如湘圓圓雙眼望著張靖。

「哪有……」

令如湘直勾勾望著張靖，他只感到一陣灼熱，更不自在。

「你們都厲害，作品如此受歡迎。總有一天，我也會像大家一樣，擁有出色的作品。」秋吉站起來，作出宣言。

「秋吉，你沒有出過實體書嗎？」陳浩基。

「沒有啊，不過我已完成了三個故事，還未知道該在哪裡發表。」

「會在網上連載嗎？」

「應該不會了，現在小說連載平台已不多，我又沒人氣，在IG發表似乎沒用，所以選擇投稿，投了幾家出版社，還沒回音。」秋吉沒失望：「不要緊啦，我會再努力嘗試。」

「你方便把稿子傳給我看看嗎？」

「當然可以啦！」

「我會幫你看看，如果覺得有出版價值，可以把你推薦給我的出版社。」

「真的嗎？」秋吉超興奮。「多謝基哥！方便把電郵地址給我嗎？我今晚就傳給你！」

「嗯，待會給你。」陳浩基望向張靖：「張靖，完成了《覺醒》後有寫新作嗎？」

「有啊，現在正進行一個連環殺手鬥殺手的故事。」

「什麼時候出版？」

「那就要看阿檸會否繼續幫我出版了！」

「她不幫你出，你可以自資啊！」夜王插話：「以你現在的人氣，自資一定會比分版稅划算。」

「我會幫他出啊！」阿檸語帶激動。

「你已看過了？」

「嗯。」

「有成書的資格嗎？」

「有啊，雖然不是我自己喜歡的題材，但你這篇故事寫得很有張力，人物也很鮮明立體，很想一口氣追看下去。」阿檸肯定地說：「比起《覺醒》，我覺得這次你的表達及行文更流暢。」

得到阿檸的高度評價，張靖難掩喜悅，從內心笑出來。

「那我可以繼續出版了。」

「當然可以。」

「似乎很快又可以看你的新作呢。」令如湘笑說。

張靖但笑不語。

接下來的時間，氣氛比開始時緩和，說創作說出版，交流了不同的創作方式，渡過了愉快的兩小時。

飯局進入尾聲，各人已輪流發表了對創作的看法，只有 Mr. RUN 很少發言。

「Mr. RUN，你有在寫新作嗎？」

「有的，正在構思下一本作品，都是關於末世。不過就算同一題材，每次也會加一點新點子，這次的男女主角都是啞巴，所以全書幾乎沒有對白。」

「如此大膽？」陳浩基一愕。

「普通的說故事手法已不能滿足到我，所以要來點不一樣。他們的對白，我想讀者用心感受，不同的人，有不同的感受，他們所『聽』到的對白，也是不一樣。」

「聽起來很有趣味，拭目以待。」陳浩基勉強擠出一笑。

短短幾句，張靖已可知道，這個叫 Mr. RUN 的，似乎是個很造作的傢伙。

「Mr. RUN，為什麼你叫 RUN？有沒有特別的意思？」張靖忍不住問。

「我要不時提醒自己，無論遇到什麼難關事情，也要堅持走下去。」Mr. RUN 一字一字的吐出來，像是饒有深意般。

「嘻！」

正當張靖聽到起雞皮疙瘩，旁邊的令如湘竟嘻一聲笑了出來。

「對不起、對不起，我不是有意的，你的名字真的很有意義，不過不知為何卻滿是笑點。」

令如湘說。

「笑點？」Mr. RUN 皺眉。

「別誤會，我不是取笑你。」令如湘伸出舌頭：「似乎愈說愈錯。我想說，剛剛聽你解釋名字時，腦海突然有人大叫了一聲 RUN！接下來便幻想你穿三鐵緊身衣奔跑的樣子，因為那褲子很貼身，所以下體凸起，便笑了。對不起、對不起。」

本來 Mr. RUN 覺得自己的名字很有意思很酷，經令如湘這一說，連他自己也不自由主浮現穿連身三鐵服的樣子，由於他有肚腩，所以帶點卡通，不酷了。

令如湘望著 Mr. RUN，又忍不住笑了。然後其他作者也跟著笑起來。

飯局就在一片笑聲與 Mr. RUN 的尷尬下結束。

眾人在餐廳門外互相為對方簽書，再閒聊一會，交換了電話就各自散去。

「盡快交稿給我。」阿檸跟張靖說。

「放心，只差結局就完稿，再多花一兩星期修好稿子就可以交給你。」

「等你啊。」阿檸揮手：「先走了。」

現場只剩下陳浩基、令如湘和張靖。

「張靖，我接觸過不少網絡作者，靠一個有趣題材及點子爆紅後，卻因為不能持之以恆而漸漸離場。」陳浩基鼓勵他：「雖然只看過你一本作品，但我覺得你是可以一直留下來。打敗狄老師的人物，怎會是泛泛之輩，哈哈。」

張靖高興得不知道怎回話。

「我看好你，別讓我失望。」

「絕對不會。」張靖微笑說：「我要以你為目標，進軍日本！」

「有志氣！」文質彬彬的陳浩基豪邁地說：「等你新作。」

說完，陳浩基揮手告別，現在只餘下二人。

「你住哪裡？」令如湘先開口問。

「美孚。」

「咦！有沒有興趣一起搭船？」令如湘眨眨眼。

「好。」

第六話

「令如湘」

就這樣在我的世界掠過
令如湘
就這樣在我的世界掠過
令如湘

渡海小輪上，令如湘彎身依著窗邊，望著維港夜景。

「漂亮。」令如湘由衷：「無論看幾多次，香港的夜景都一樣漂亮。」

風吹起令如湘的頭髮，張靖覺得比維景更吸引。

「漂亮嗎？」令如湘瞄向張靖。

「漂亮……」

「我問你，我漂不漂亮？」

「哦……漂亮啊，不漂亮怎當愛情小説天后？」

「當小説天后需要顏值嗎？」令如湘揚眉。

「唔……有顏值可以選擇多點曝光，就算不是賣點，也不會有反效果吧。」

「也是的。」令如湘點頭：「不過其實每次在書展會場或書店裡看到自己的相片印成巨大海報，我都不敢看。」

「還不習慣？」

「不是不習慣，而是海報上的我，表情都很裝模作樣，那種三七臉，微笑仰上望，好像很有願景的樣子十分造作，想起也起雞皮疙瘩。」令如湘打了冷顫：「不過那是公司的行銷策略，我會好好配合的。」

「你長得好看，公司才會用這方式，很多人想用樣子作招徠也不能啊。」

「哈，也不是呢，我看到不少長得很難看的，也有印成海報在攤位懸掛。」令如湘不懷好意地笑：「那不但不能作賣點，而且會有反效果。你呢？想不想『賣樣』？」

「吓？我還是『賣才華』吧，哈哈。」

「你很有才華嗎？」令如湘打量著張靖：「為什麼想當作家？」
「沒特別原因，興趣吧。自小就喜歡看漫畫和電影，順理成章就喜歡創作。」
「很一般的答案呢。」
「那你又為什麼當作家？」
「我自小作文成績就很好，中學時期我就知自己有寫作才能。」令如湘揚揚眉頭：「事實上我的書反應很好，注定我要在這行留名，哈哈。」
令如湘很有自信。非常有自信。
「你很直接。」
「難不成要轉彎抹角？」令如湘眼珠轉一轉，用一把謙遜的語氣說：「我一直不肯定自己算不算會寫作，就算第一本書再版了也是戰戰兢兢。我真的寫得夠好嗎？應該不是，我想，應該是出版社的宣傳策略成效吧？」
望著令如湘，張靖實在覺得這個女生太有趣了。
「你是不是要我這樣說？」
張靖擰頭。
「我不是囂張，但作為一個暢銷作者，如果再跟別人說，自己沒寫作能力，只靠運氣這種話，實在太虛偽了。」
「也是的，就如選美小姐冠軍對傳媒說自己不漂亮一樣。」
「對呀！如果覺得自己不漂亮，就不會報名啦。」令如湘慧黠地笑：「那個 Mr. RUN 就是這種虛偽人。」

「你怎知道？」

「聽他説幾句話就知啦，你聽不出來嗎？」令如湘冷哼：「明明想做第一，又不敢直接説出來。我肯定他想改名 ONE，又不敢太明顯，才改做 RUN。」

「似乎你對他的印象不太好。」

「女人的直覺很準的，尤其是心思細密的女人，一旦看穿了對方存有歹念，就不會讓他好過。」

令如湘瞇起半眼，直視張靖。

「我能看穿你的心思！」

「我……沒有歹念啊。」

「現在沒有，將來就不知了。」

小輪到站，二人慢慢步出船艙，走到尖沙嘴碼頭外面。

「你住哪？」

「旺角。」

「你轉哪班車？」

「我走路回家。」

「由尖沙嘴步行到旺角？」

「很多時候我都是這樣，因為我想一直 RUN 下去。」令如湘打了個冷顫，作了個嘔吐動作：「那個 Mr. RUN 就是會這樣説話。哈哈。」

「你真的很不喜歡他。」

「我當然不會喜歡他！」

——那你喜歡誰？你有男朋友嗎？

張靖想問，但似乎不太合時。

「你真的打算 RUN 回家？」

「對啊。」

「我陪你走走。」

「你不是住美孚嗎？」

「回家反正沒事做，又沒那麼早睡，可以陪陪你。」

「你很進取。」

「吓？」

「沒事沒事，不用尷尬，是我的問題，想到就說，不會轉彎抹角。」令如湘笑著說：「但你不是要修稿子嗎？」

「明天修也可以。」

「那 RUN 吧。」

於是，二人一路走，一路繼續未完的話題。

夜晚的彌敦道，依然人多。雖然是夏天，但有晚風吹過，居然有點涼意。

「令如湘是你的真名嗎？」

「對啊，是不是很帥？」

「很古裝。」

「那帥不帥？」

「帥、帥。跟你很合襯。」

「我樣子很古裝嗎？」拿出手機開了自拍模式，對鏡頭撥了撥劉海：「我穿古裝應該也很好看。」

張靖心想，不會不好看啦。

「你有沒有什麼題材很想寫？」

「唔……其實也沒有特別，很隨意的。」張靖反問：「你呢？除了愛情，還想寫什麼？」

「你猜猜？」

「武俠？」

「吓？我怎會寫武俠？」

「懸疑推理？」

「不是。再猜。」

「不會是情慾吧？」

令如湘白了一眼。

「猜不到了。」

「你很沒耐性。揭曉結果——」令奴如湘頓一頓才說：「血腥殺人。」

「血腥殺人？」

「嗯。我很喜歡看爆血屠殺電影，《黑色星期五》、《月光光心慌慌》、《德州電鋸》、《奪命狂呼》等，都中意。」

「真的意想不到。」

「其實我剛開始寫作的時候，就是寫校園殺人故事，向幾間出版社投稿，最後只得到一間回覆。」

「是『旭日文化』嗎？」

「對啊，得到回覆，我滿心喜歡，還跟編輯約了見面。我以為自己的殺人故事得到賞識，原來編輯只欣賞我的文筆。」令如湘嘆口氣：「她說校園殺人題材市場很窄，問我有沒有興趣轉寫愛情，我很老實告訴她興趣不大，但可以試試。」

「之後你就交出第一篇愛情創作？」

「對啊，我用了三天寫大綱，她看了很喜歡，還叫我立即動筆。之後我用了兩個月完成整篇故事，編輯看了，超喜歡，還推薦給老闆看，老闆看完便約我見面。」

「很厲害，連大老闆也要親自會見你。在寫作方面，你很有天分。」

「應該是吧。」令如湘聳肩。

「然後你就直接出道？」

令如湘走進一間便利店。

「口乾，你請我喝東西，我再告訴你。」

令如湘走進便利店，拿了一枝烏龍茶。張靖在雪櫃拿了一枝甜筒。

「你吃甜筒！」令如湘哈哈一笑。

「不可以嗎？」

「只有獃子才會在街頭吃甜筒。」

「誰說的？」

「我。」

「很無聊。」

張靖結帳後，張靖撕去雪糕的包裝紙，步出便利店，邊走邊吃，繼續路程。

「剛剛說到哪裡？」張靖吃了口雪糕說。

「你說我寫作很有天分，然後問我是否直接出道。」

「對對。」

「是啊，之後我就出道，旭仔似乎對我很有信心，未出版已問我可否簽五年合約，承諾會把我的小說推上大銀幕。」令如湘喝一口茶，續道：「我看過合約，條款很吸引，就簽了。」

「說到做到，『旭日文化』的確是間有實力又有誠信的公司。」

「對啊，而且版稅計算很公道，每季都會給我詳細的銷售報告。」令如湘話鋒一轉：「依我看，阿檸也絕不是個會瞞騙作者的人，人家已不想跟他爭論，那個夜王還要死咬不放，所以我才忍不住插話。我要讓他清楚知道，不是每一間出版社也壓榨作者的。」

「開罪你似乎是件很麻煩的事。」張靖似笑非笑。

「是啊，所以你要小心點。」令如湘盯著張靖。

張靖竟真的感到有點害怕，吃了口雪糕，勉強一笑。

「你現在已經成名，已不用擔心銷量問題，你的校園殺人故事應該可以重見天日吧？」

令如湘搖搖頭：「難了。我現在已經定了型，突然出版風格太迥異的書，讀者未必受落，出版社的宣傳也不容易。」

「但九把刀一樣既寫純愛又寫血腥，對他的名聲似乎影響不大。」

「有點不同啊，他本身並非以特定一種風格題材出道，比較彈性。我嘛，一開始就靠寫愛情成名，打後十幾本也是愛情作品，而且公司正籌拍我第二部小說改編電影，可能還有第三部，所以就算要改變，也不是這兩三年間的事。」令如湘很理性：「公司在我身上投放了那麼多資源，我也要站在他們的方向著想。」

張靖在想，令如湘的年紀跟自己相若，但想法已很成熟，腦袋十分靈光，有實力有名氣又有銷路，要追趕她並非易事。

他倆邊行邊說，不經不覺已到了旺角。

「我到了。」

二人站在一棟舊式大廈前。

「謝謝你的烏龍茶。」令如湘舉起手中的烏龍茶。

「嗯，啊……」張靖吞吐。

「有話就說啦。」

「剛才在餐廳門口忘了跟你交換 WhatsApp。」

「抄牌就抄牌，說直接一點。」令如湘拿出手機：「你電話號碼是什麼，我打給你。」

張靖說出電話號碼，令如湘即時打給他。張靖電話響起，向她點點頭。

沙沙——

天空突然起雨來。

「你有沒有雨傘？」

「沒有。」

「真的嗎？給我查看你的背囊。」

「吓？」

「說笑而已，反應不用那麼大。」令如湘步進大廈：「你站在這裡，不要走開。」

令如湘走入升降機，不一會，張靖便聽到上面傳來聲音。

「喂！張靖！」

張靖步出大廈外面，往上望，見令如湘站在三樓探頭出露台。

「接住！」令如湘把手中的伸縮傘拋下去。

張靖醒目接住。

「傘子很貴，要還啊！」令如湘對著樓下說。

「知道！」

「快打傘啦！」令如湘揮揮手：「拜拜。」

張開傘子，張靖離去。

身子有點沾濕了，張靖走過旺角街道，最後站在巴士站前，等待下一班車。回想起來，他曾經深深喜歡過這地方，一星期總要來好幾次，看漫畫買唱片逛樓上書店。

不夜城繽紛喧鬧，像個巨大生命體二十四小時不停運作，全年無休。

城市烙印濕地，輪胎輾裂霓虹，大樓倒下粉碎又重組。這個川流不息的城市，縱有缺點，卻是一切創意的起點。

張靖覺得今夜的相聚很有意思。

張靖坐上回家的巴士，拿出手機發現被加入一個名為「亞洲第一神隊友」的WhatsApp群組，裡面有夜王、Mr. RUN、小野、逆水、秋吉，以及一個今晚沒出席的人物：陳細貓。

群組管理員逆水傳出訊息：歡迎張靖加入群組，我們神隊友又添兩名猛將！

張靖心想：我幾時成為你們的猛將？雖然有點怪怪，但張靖也禮貌回應。

張靖：大家好，我是張靖。

逆水：夜王、Mr. RUN、小野你也見過，不用介紹，陳細貓你有聽過吧？

張靖：有，都是很犀利的作者。

陳細貓：在下陳細貓。原來我那麼有名，哈哈。

逆水：那就不多介紹。是這樣的，兩年前我邀請了幾個作者，參加由我舉辦的神隊友寫作大戰，反應不錯，於是決定每年一次，下個月就是第三屆，想邀請張靖和秋吉加入。

張靖：除了我和秋吉，其他人也參加過？

逆水：對啊，第一屆其實只有我、小野和細貓。第二屆陣容已經開始強大！第三屆有你倆加入，將會更強更犀利！

強大？第二屆只是多了Mr. RUN和夜王吧。張靖總覺得逆水說話很誇張、很中二，就似漫畫角色。

張靖：其實神隊友寫作大戰是什麼？

逆水：一聽這名字就知是一場激烈的生死鬥！一班作者，一起在屋裡生活一星期，除了吃喝玩樂，就是寫作！我們要在七天時間內寫寫寫！寫得最多，就是盟主！寫得最少，就是懦夫！如果不想一直當懦夫，下一屆就要趕上來，如果退出，那他一世也是懦夫！

真的很中二，但這一次，張靖卻居然也很中二的感興趣。

張靖：明白。上一屆誰是盟主？

逆水：到現在爲止，盟主是小野，至於懦夫，由他自己出來承認吧！

陳細貓：我是懦夫。

哈哈哈哈，張靖笑了出來。好玩，這個神隊友寫作大戰有趣！

張靖：但你們有地方容納那麼多人嗎？

逆水：放心，場地絕無問題。我家人在南丫島有幾棟村屋，我分了一棟。

張靖：很令人羨慕！

逆水：不用羨慕，神隊友寫作大戰會愈搞愈大，到時你做了武林盟主，就可以在文壇呼風喚雨！

那也不會有一棟村屋送給我做獎品吧？張靖如是想。

逆水：你倆會參加嗎？
張靖：我暫時沒有正職，應該沒問題。
逆水：VERY GOOD！秋吉呢？
秋吉：我也可以。
Mr. RUN：抱歉，我要上班。這一屆要缺席了。
逆水：可以請假嗎？
Mr. RUN：請一星期假太難，可以周末加入兩天嗎？
逆水：不行呢，賽制定了是一星期啊。
Mr. RUN：那只能等下次。
逆水：不要緊，神隊友寫作大戰會一直辦下去，說不定你明年會成爲全職作者可以參加！
Mr. RUN：嗯嗯。
逆水：我們保持聯絡。

對話結束，車子剛好到站。
張靖跟爸媽妹妹住在美孚一個私人屋苑，有自己的房間。
回到家，洗了澡，張靖坐在書枱前，再次回想今日的約會，覺得很滿足很豐富。
那班新朋友，個個都跟自己志趣相投，都是喜歡寫作。起初他都是玩票心態試試，出了書後那種滿足感湧起，令他很想繼續寫下去，認識到他們之後，那股寫作魂更加旺盛。

自己算是成功出道了，同樣喜歡創作的小古呢？

漫畫的製作比小説複雜得多，要以個人之力繪畫一本百多頁的漫畫，每天工作十小時以上，少説也要半年，這段期間沒有任何收入，説得白一點，畫一本漫畫，不但要用上所有時間，更要有半年積蓄支持。

同樣是創作，小説就比較個人，有些全職作者，集中力很強，一天可以寫五千字，以八萬字計算，不足一個月已可完稿。

香港的小説作者大部分都有正職，通常都是下班後以興趣性質進行寫作，就算只能寫二千字，大概兩個月就能完成一部作品。

當然，要持之以恆，每天交出二千字，定必非常自律自制。再退一步，一天一千字，加上修稿時間，四個月就可以達成。

所以，在香港寫小説的確比畫漫畫幸福。

張靖已經出道，可小古連起步都那麼困難，身為朋友，張靖替他感憂慮。

當下沒多想就傳訊息給小古。

張靖：小古，最近如何？

小古：都是這樣子。你呢？新作完成了嗎？

張靖：差不多了。看看何時有空，我們再聚聚。

小古：好，不過這兩星期有點事要辦，忙完再約。

張靖本來想問他有什麼事忙，但想到他可能是隨便説説，小古未必真的有事忙，只是暫時不想會面。

於是，張靖也就識趣不問了。

張靖：那待你忙完之後，再找我吧。

小古：嗯嗯。你要加油，一定要在創作界成名！

張靖：我會努力。你也是。

張靖想了想，還是把心底話説出來了——

張靖：別放棄創作！

小古很快傳來回覆：不會放棄！

小古最後這句，總算叫張靖放心了點。

第七話
《邪惡物種》

coffee therapist
咖啡治療師
喜喜——著
咖啡治療師
coffee therapist
喜喜——著

有作家認為，寫小說最難熬的，就是差不多寫到三分一的時候，那時候已失去寫新故事的新鮮感，但距離完稿還有幾萬字，如果不幸遇上卡稿，就要費很大的勁才能突破瓶頸，有時很消磨心志。

身為一個新作者，張靖對創作充滿熱忱，寫足八小時仍不覺疲倦，不過就算是有多喜歡寫作也好，總會遇上卡稿的情況。

想故事本身就是一件很虛浮的事，跟畫畫、書法不同。畫畫屬技術創作，是只要擁有了這門技術，就可以持續下去，十年後、廿年後，功力仍然保留，頂多是退步，不會憑空消失。

至於故事創作，盛年期靈感隨時都有，一齣戲、一段新聞也能啟發到幾個點子、無數想法，手總不夠腦袋的構想來得快。

但當到某個年紀，腦袋沒年輕時靈光，很可能只能想到一些重複套路的橋段，故事失去神采，沒了看頭，漸漸就被淘汰。

張靖這年紀，是吸收力最強、進步最快的階段，但卡稿仍然是會出現。當他對住鍵盤呆上幾小時，一個字也寫不出來時，也會閃過「自己是不是想不出故事」的問號。

當然，要胡混過關是沒問題的，只是張靖對創作有一定要求。就因為他聰明，才會不斷思考，到底怎樣的橋段，才可以為讀者製造驚喜？

所以張靖最享受修稿，初稿完成，故事都已寫好，不用再面對卡稿問題，由頭到尾看一次，修飾一下行文就可以交稿。

用了一個星期寫結局及修稿，張靖鬆了口氣，他的第二部長篇作品《邪惡物種》完成。

把稿子傳給阿檸之後，張靖決定來點娛樂——看小說。

他從書展買回來那堆書中，選了令如湘的《就這樣在我的世界掠過》。

當晚就開始讀，用了兩小時，看了大概三分一，就已經感受到令如湘的文字魅力。

簡潔而瀟灑、文藝而通俗、淡然而細膩，行文流暢，有時又大開大闔、能收能放，不拖泥帶水，更難得有幽默感。最特別是，居然在情場對奕之中帶點武俠味，卻不老土。

寫都市愛情，卻能製造出如同推理小說的效果，每一個章節的收結，都讓人不由自主一直翻卷。

女生心態描寫到位，那很正常合理，最屈機是連男性的想法也能掌握。

愛情小說從不是張靖那杯茶，但今晚卻一口氣看完這部小說，是第一次。

看畢，的確帶來衝擊與震撼。

他想也沒想過，愛情小說會帶給他震撼感。他突然明白令如湘的小說爆紅的關鍵，就是她筆下的男女主角實在太討好，讀者一定喜歡。

「旭日文化」的林志旭應該也是看中這一點，才會全力投資在她身上。

角色討好、找對了演員，電影已成功了一半。

張靖看著小說的封面，明明那麼平靜溫暖，卻令他心頭激起重重浪花。

冷靜下來，他才發現，《邪惡物種》兩個主角——連環殺手和職業殺手，都不是好人，可以令讀者喜歡嗎？

那兩個設定，已無法修改，要改，即是推倒重來。

其實也輪不到自己想太多，待阿檸看完再算。

看完小說，天空已露出魚肚白，張靖一夜無眠，開始有睡意，休息前拿手機看看，發現阿檸剛剛傳來短訊。

阿檸：看完《邪惡物種》了，想跟你見面，何時有空？

張靖：你那麼早就工作？我今天都可以。

阿檸：我看稿，一直沒睡。那麼，約你今晚可以嗎？

張靖：可以啊。

阿檸語氣似乎有點著急，是為什麼？張靖因為太睏，已不想再思考，闔上眼皮就睡。

當天晚上，張靖與阿檸約了在餐廳見面。

阿檸一見張靖，就跟他說：「這部小說，寫得很好！」

「是嗎？」張靖有點愕然。

「老實説，這不是我喜歡的題材，但我真的覺得很好看，所以才會一口氣看完。」

原來張靖徹夜追看令如湘小說的同時，自己的小說也令阿檸無法好好安睡。

「但故事兩個主角都不是好人，怕不怕不討好？」張靖直接說出擔憂。

「我倒覺得沒問題，日本不也是有邪道漫畫角色嗎？」阿檸語氣肯定：「現在年輕讀者的接受能力已很高，不一定王道正派才受歡迎。況且，你兩個主角性格都很特別。」

也是的，張靖忽然醒起，多年以來，不少邪道角色比正派主角更受歡迎，只要寫出獨特個性，管他正道邪道，都一樣可以令人著迷。

「看完《邪惡物種》後，我就一直在想，到底如何包裝？」阿檸想了想：「對我來說，這次實在有點難度。」

「為什麼呢？」

「你也該知道我出版社的路向比較清新小品，其實《覺醒》對我來說已有點不一樣，《邪惡物種》更加違和。」

張靖等待她說下去。

「我想過開一條新Line，專攻流行小說，可包容不同題材，這就可以避免公司出版風格上的問題。」阿檸躊躇：「不過，找不相識的作者很困難，又怕自己應付不來。」

「我覺得無妨一試。至於作者，可以慢慢找，遇到合作得來的才再考慮。」張靖指著自己：「就好像當初找我一樣。」

「對啊。」阿檸點點頭：「這次約你，想跟你談談《邪惡物種》的包裝設計，這次可以型格一點，不要用插畫。」

「我也覺得不要用插畫式封面。」

「我在網絡上找到一些參考資料。」

阿檸拿出iPad，把預先下載的封面取向圖開給張靖看。

「今次可以偏向黑白、暗黑。」

阿檸開出參考圖，黑色背景，上面有很多大小不一的英文字。細看才發覺，英文字樣組合成一副大廈圖案。

「這種黑白風格跟小說很接近。」

「那我就從這方向跟設計師溝通。」

「辛苦你了。」

「不辛苦。」阿檸頓了頓，再道：「這部作品每一章的結尾都很有懸念，令人很想追看下去。有沒有想過把它放在網上連載？」

「這個嘛，我本來沒想過連載，不過如果你想我先連載也可以，但這篇故事有四十多回，以兩天更新一回計算，大概要三個月才完成連載，之後再出版已是四個月後了，會否等太久？」

「也不會的，編輯、設計等工序大概也要用兩個月，這段時間我會開始製作。」

「好，那就先連載吧。」

「謝謝你接納我的意見。」

「出版方面，你經驗和市場策略一定比我好，我當然要相信你。」

「你打算什麼時開始連載？」

「今晚就可以。」

「高效率。」阿檸豎起拇指：「其實現在網絡小說作者，主要在哪些平台連載？」

「莫說平台，這兩三年網絡小說作者也大減，主因是熱潮退卻。現在已沒大台，走紅了的大多都在自己的平台及 IG 連載，名氣再高就用『Patreon』。」張靖想了想：「至於新加入或沒太大名氣的，大多都在一個叫『to be written』的小說 APP 發表。之前《覺醒》也是在這裡連載，後來事情發酵了，便在其他地方擴散。」

「明白。那今次也在這幾個地方連載吧？」

「嗯。」張靖補充：「不過《覺醒》何以會引起話題，你也知道其原因，《邪惡物種》熱度未必會那麼高。」

「我了解的，如果你不介意，我還是想試試。」

「沒問題。」

當晚張靖就開始在「to be written」和IG，連載《邪惡物種》。

由於《覺醒》得到很高評價，張靖已累積有一定人氣，新作連載，反應相當不錯，一晚之間已有數百個留言。

有了個好開始，張靖也不想花太多心力在連載一事上。再過幾天就要入營，參加第三屆神隊友寫作大戰，為此他要準備下一個故事。

二十出頭，雖然人生歷練不多，但這年紀的腦袋最靈光，對張靖來說，想新故事實在沒太大難度，他早有幾個大綱在手，所以他並不擔心沒有題材。

張靖在心底裡早已選定第三部作品的題材，今次的方向又與之前兩個很不同，是個較為輕鬆的故事。

故事名未想到，主題是：「黑道少爺與貓」。

每次想新故事，張靖都習慣拿著觸控筆，以書寫模式在平板的記事簿上記下點子。

他認為，拿著筆想故事，不時會想到一些新靈感，好像今晚，他一邊把想好的點子記下，很快又想到另一些有趣情節，相當起勁，異常亢奮。

這都是一些零碎畫面及情節，他先一一記下，然後在寫大綱時把想好的點子串起來。

新故事的人物、方向已想得七七八八，明晚就可以寫大綱。

不知為何，此時張靖好想打電給令如湘，跟她分享新故事的點子，但又好像很唐突，而且已經是深夜，當然不好打擾。

由於腦袋仍然不斷出現新故事的畫面，張靖必須要看電影、漫畫或手機作緩衝，否則想故事模式便會一直開動，腦袋不停運轉，他就試過一整晚無法入睡。

於是他在床上拿著手機看看最近有什麼新電影上映，竟看到電影中心後天重映《德州電鋸殺人狂》50周年復修特別場。

他忍不住發了個短訊給令如湘。

張靖：hi，電影中心後天重映《德州電鋸》，有沒有興趣入場看？

過了幾分鐘，令如湘回覆。

令如湘：有，我買票了。

張靖：我覺得你會想看，所以問問你。

令如湘：票早已賣光，現在買也買不到。

張靖：你買到就好了。

令如湘：你也想看嗎？

張靖：想也沒用啦，你說票已賣光。

令如湘：其實我有票。我買了兩張，但朋友那天突然沒空。

張靖：那麼巧？

令如湘：對，就是那麼巧。你如果想看，可以一起。

張靖：好啊。

令如湘：那後天6時戲院門口等。

張靖：看完電影吃飯嗎？

令如湘：好啊。

結束對話後，張靖第一個情緒是開心的，然後，他就在想，另一張票本來是給誰的？會有哪種朋友，會跟她看《德州電鋸》？

女生，應該不多吧？

男生，會是男朋友嗎？

兩天後，張靖先到，大概等了五分鐘，令如湘就在他眼前出現。

這是他第三次見令如湘，她總是神采飛揚，自信滿滿。比起上一次，張靖覺得她好像更漂亮。是因為自信的女生特別漂亮？還是純粹自己主觀？

「你很準時。」令如湘微笑著。

「你也準時，沒遲到啊。」張靖也笑。

「走吧。」令如湘步入電影院大廳：「我要買爆谷。你吃爆谷吧？」

「吃。」

令如湘在服務枱前點了一包中爆谷，兩杯汽水。

「你很喜歡吃爆谷嗎？」
「也不算超喜歡，不過看 popcorn movie 當然要有 popcorn 啦！哈哈哈。」
令如湘付錢後，從衫袋裡取出兩張戲票，一手拿著爆谷。
「我拿爆谷，你拿兩杯汽水，謝謝。」
「嗯。」
進場後，二人身處在漆黑環境，令如湘一坐下來就開始吃爆谷。
「好緊張！哈哈。」
令如湘似乎很興奮，就像小朋友吃著雪糕看卡通的愉快模樣。
「你有沒有看過《德州電鋸》？」令如湘啜了口汽水。
「新版有看，這個最原始的版本沒看過。」
「我看過兩次。之後的續集，翻拍版本都不夠這套好看！」令如湘滿心期待：「終於都可以在大銀幕欣賞這部經典了！」
令如湘的興奮並非裝出來的，她打從心底喜歡這種血花四濺的虐殺系電影。
當銀幕出現《德州電鋸殺人狂》的戲名時，她直頭忍不住脫口而出叫了一聲：yeah!
九十分鐘之後，二人步出電影院。
令如湘臉上掛著滿足的笑容。
「在大熒幕看，真的不同！」令如湘興致高昂：「你覺得怎樣？」
「震撼，張力十足，沒想過50年前可以拍出這種電影。」
「這就是經典囉。」

「我們是不是去食飯？」
「對，你吃意粉？」
「吃。」
「那跟我來。」
令如湘截了部的士，好像很趕時間。
「司機大哥，麻煩去旺角……」
「旺角？」張靖心想：「上次她在尖沙嘴也選擇走路，今次在油麻地卻搭的士？」
的士到步，張靖真的呆住了。
令如湘居然把他帶到上次分別之地，即是——令如湘的住所樓下。
「到啦。」令如湘步入大廈：「跟我來。」
「這裡不是你家嗎？」
「是啊。」
「我們去你家吃飯？」
「唔……也不可以這樣說。」
張靖跟令如湘走入升降機，他留意到狹窄而帶點破舊的大堂，有個樓層顯示水牌，既似住宅又似商戶型大廈。
升降機在三字樓停下，令如湘步出左拐，指著旁邊的單位說：「我住這裡。」
張靖頓了半秒，令如湘繼續往前走。
「我們去這裡。」令如湘指著前方盡頭另一單位。

一推開門，傳來悅耳的女歌聲。那是間陳設簡潔，燈光柔和的 Café。

「還趕得及。」

只有六張枱，坐了三枱客，大廳正前方有個表演台，右邊是個落地玻璃大門，可通往露台。

「那一天你就在那露台把雨傘扔給我？」張靖望著那露台。

「對啊。」令如湘指著身旁的單人沙發椅子：「請坐。」

張靖坐下，想不到這張椅子如此舒適。

表演台上有一個長髮少女唱著國語慢歌，整個氣氛都令人很放鬆。

張靖認得她正唱著的，是焦安溥的《關於我愛你》。

令如湘向台上的她揮手，她回了一個甜美的淺笑。

令如湘閉上眼，陶醉於歌聲裡。

當張開眼時，發現張靖正望著自己，然後轉望台上的少女。

「幹嘛色迷迷？」

「哪有色迷迷，我在欣賞她啊。」

「我說你幹嘛色迷迷偷望我？」

「吓？」張靖強裝鎮定：「沒有啊！」

「說笑而已，不用臉紅。哈哈。」

「有嗎？」張靖摸摸自己的臉。

「紅到綠了。哈哈。」

「不覺得有笑點。」

「想吃什麼？」

「你推介吧。」

「大蝦意粉配凍美式好不好？」

「好。」

令如湘走到水吧前，跟前臂露出刺青的花樣少年說了幾句就返回座位，坐在張靖對面。

「這個男生很帥。」張靖望向剛才跟令如湘說話的男生。

「他是咖啡師又是廚師，最重要是——帥！」令如湘雙掌放在臉上。

「嗯。」

「其實你也不錯，但比起喜喜，還是差一點點。」

「是嗎？」張靖一笑：「這很主觀的，說不定有其他人覺得我較帥呢。」

「嘩，你倒有自信。」

「做人不是應該有自信一點嗎？」

「對啊，不過太超過的話，就變自大啦。」

台上的少女唱完《關於我愛你》，走到令如湘那邊。

「如湘，這帥哥就是張靖？」少女以國語問令如湘。

「別叫他帥哥啦，否則他會變得很自大。」

「對啊，我是張靖，你好。」張靖禮貌微笑。

「我叫茉莉。」茉莉望向令如湘，溫柔說：「電影好看嗎？」

「好呀！大銀幕震撼太多了！」令如湘表現得像個大孩子。

「你喜歡就好。阿心回來了，我先回去，你們慢慢。」
「你吃了東西沒有？不如一起吃？」
「上台前吃了啦，你們吃啦。」
茉莉用指尖把頭髮勾在耳後，露出酒窩微笑。
「拜拜。」向張靖揚手。
茉莉離開 Café，張靖問：「茉莉是台灣人？」
「對啊。」令如湘反問：「她漂不漂亮？」
「漂亮。」
「跟我比呢？」
「你當面問我，叫我怎樣回答？」
「直接回答！」令如湘直勾勾盯著他。
「你吧……」
令如湘盯了他幾秒，哈哈笑了兩聲。
「你的眼神很誠實，我相信你。」
張靖冷笑一聲。
「其實本來茉莉陪我看電影的。」
「原來是她。」張靖心想。
「原本唱歌的臨時有事，所以茉莉替她。」
「那我要多謝她了。」

「哦，你想乘機接近她！」

「沒有。」

此時，喜喜把意粉放上。

「你們的餐來了。」

「有勞了。」張靖禮貌道謝。

喜喜放下意粉，向張靖說：「我有買你的書。」

「是嗎？謝謝支持。」

「喜喜也有創作，他很厲害，每天下班都寫，直到天光才睡。」令如湘插嘴。

「你寫什麼題材？」張靖問。

「愛情。」

「喜喜寫的愛情，不會輸給我！」令如湘誇獎他。

「那麼厲害？」張靖有點期待。

「不不不，你別聽她亂說。」喜喜抓抓後腦。

「我沒亂說，我敢保證，你一出道，就會一鳴驚人！」

「不會啦。」

張靖聽得出，這次令如湘不是亂說，她對喜喜的讚賞，是發自內心，不禁對他起了好奇。

「你會把故事放上網嗎？還是會直接出書？」

喜喜沒回答，只望向令如湘，好像待她接下去。

「其實我公司這一年磨拳擦掌，打算羅致更多有潛力的新人，喜喜也是其中一員。」

「原來這樣啊，『旭日文化』似乎要擴大出版業的版圖。」

「你們繼續聊，我先工作。」

喜喜離去，令如湘突然收起笑容，直視張靖。

「幹嘛？」張靖被盯很不自在。

「你好討厭。」令如湘露出三白眼。

「你是不是有病？」

「你才有病！我看了你的新連載，很好看。」令如湘木無表情地説：「你真幸福，可以跟我看電影吃晚飯，又可以寫殺人故事。」

「你……臉皮真夠厚。」

「從來都厚！」令如湘拍拍臉頰：「《邪惡物種》之後，想到了新題材了嗎？」

「想到了，跟之前兩個又很不同，是一個黑幫二代帥哥，與一群流浪貓的故事。」

「又可以寫新題材，好討厭好討厭！」

張靖得戚一笑。

「什麼時候開始寫？」

「過幾天入營就開始。」

「入營？」

「逆水搞了個『神隊友寫作大戰』，邀請了幾位作者入營，為期七天進行寫作，寫得最快就算贏。」

「贏了有什麼禮物？」

「應該沒有，不過就可以成為那一屆盟主。」
「輸了呢？」
「就是懦夫！」
「好幼稚啊！不過有點像《恐懼鬥室》，好像很好玩，為什麼沒有邀請我參加？」
「不知道啊，我也是被邀請的。」
「有女作者參加嗎？」
「沒有。」
「是不是不歡迎女生？」
「可能七天要困在一屋，怕會有不便吧。」
「也是的。」令如湘扁扁嘴：「那我希望你不用當懦夫啦。」
「應該不會吧，新故事我已想通了，只要到時能集中精神，一天就能寫三至四千字。」
「作者們在同一地方一起寫作，的確很開心好玩的，不過只有幾個人，太小圈子，怎算比賽？」令如湘想了想：「既然是大戰，應該要實在一點。」
「怎樣實在？」
令如湘眼珠轉了轉，裂嘴一笑。
「要鬥，就拿出實力，找更多作者，來一場真正的決戰！」令如湘瞇眼：「你敢不敢跟小妹一決雌雄？」
雖然令如湘還沒說出遊戲玩法，但從她那張自信表情，張靖似乎看出端倪。
「你想怎樣玩？」

「我們集合更多作者，約定12月一起出版新書，以12月書店暢銷書榜分高下。」

張靖皺起眉頭，想了想。

「不公平，你是暢銷書榜常客，每次出書都一定入三甲，其他人怎可以跟你鬥？」

「唔……說的也是，我的確是厲害了一點點，那不如這樣吧，我用一本再版跟你們鬥，可以啦？」

「再版？不行啦，我們大部分都男子漢，要你讓賽不太好啦，贏了不光彩，輸了就更難看。」

「大男人！而且是個怕輸的大男人！」令如湘嘟嘴：「那即是不讓我玩啦，我很想參戰呀。」

「你不是想參戰，你是想贏！」

「比賽當然想贏啦，有什麼問題呢？」

「但你提出的賽制，真的很不公平。」張靖續說：「我們有些隊友是第一次出書，莫說要贏你，就連上榜也未能做到，以你的智慧，沒理由想不到吧？」

張靖說完此番話後，不自覺地露出笑意。

「你的笑很可疑，是不是想到了新賽制？」

「你是不是會讀心？什麼都逃不過你。」

「快說來聽聽。」

令如湘期待著張靖的點子，張靖擺出得意模樣。

說出他的想法後，連聰慧的令如湘也表示興奮，笑了出來。

第八話

「神隊友寫作大戰」

無
境
逆水
之
THE BATTLE OF
NO MAN'S LAND
戰
THE BATTLE OF NO MAN'S LAND
逆水

第三屆神隊友寫作大戰揭幕——

逆水、夜王、小野、秋吉、陳細貓及張靖，一行六人來到戰場——南丫島某棟三層高村屋。

「歡迎大家來到神隊友戰鬥屋，接下來的七天，各位隊友就要在這裡進行一場大血戰！」

逆水站在地下大廳，跟眾人説：「一樓有三間房，二樓兩間房，你們可以自己選一間。」

「我們有六人，只有五間房，那你呢？」張靖問。

「我睡這層。」逆水望向書桌：「我平時也在這裡寫稿，累了就睡在旁邊的沙發床。」

「好像不太好。」張靖不好意思：「不如我們共用一房？」

「不不不！我最怕跟其他人同房！」逆水耍耍手：「放心啦，這層有廚房有廁所，最緊要是有電視，我習慣要播著電影才寫得出東西，所以不要跟我客氣，你們快快去選房間。」

戰鬥屋每層700呎，共三層，另有天台。地下是一個開放式大廳，一邊牆壁裝置了個巨大書櫃，放滿了漫畫及文字書籍。逆水的書桌設置在書櫃前方，旁邊還有張沙發床。

書櫃對面的另一堵牆，掛了個60吋的投影屏幕，可讓逆水一邊工作，一邊看電影。

一樓及二樓分別都有廁所及客廳，每間房也有一張雙層床及書桌，窗外更有翠綠山景或海景，簡直是人間樂土。

張靖選了二樓一間山景房。

十分鐘後，各人選定了房間，放置了行李，便回到大廳集合。

「逆水，你太幸福，在香港竟可以住那麼大地方。」秋吉難掩羨慕之情。

「對啊，我很幸運啊。」

「為什麼你每間房都有書桌？」張靖不解。

「去年特意添置的。」逆水解釋：「而且換了多幾張兩層床，因為我知道不久的將來，一定會有更多作者入營。」

「你真的很重視這場大戰。」張靖感受到逆水的誠意。

「當然，因為總有一天，『神隊友寫作大戰』會成為香港，甚至世界文壇最重要的比賽！」逆水激昂說著：「相信大家也知道作戰規則，在此我就不多說了。」

「其實……我不太清楚有什麼規則。」秋吉舉手。

「嗯，這場賽事的規則就是沒有太多規則，哈哈。總之七天之內，寫得最多字的就算贏，完賽之後我們要互相交換文章，發現內容空洞只為湊夠字數者，將取消參賽資格。」逆水補充：「另外還有一項要注意，各參賽作品必須是全新故事，不能拿舊稿來續寫，相信各位入營前已知道了。還有沒有其他問題？」

眾人搖搖頭，表示沒有。

「這次有幾個人大家還未認識的，你們可以互相介紹一下。」逆水望著前方的細貓。

「Hello，我真名叫陳細九，不過怕人誤會是狗隻的狗，所以改了個較為討好、更合襯我的名字——細貓。」

看外表，細貓比其他作者大了一截，是個年近四十、一臉鬍渣、不修邊幅的中年大叔；與其名字……很違和。

「你叫張靖……對不起，我沒看過你的作品。」細貓直接說：「請問你擅長寫什麼？」

「我其實剛出道不久，也沒有特定擅長，想到什麼便寫什麼。」

「那麼隨意？」

「對啊，哈哈。」

「年輕人真的不同，我比較喜歡集中一個題材，一心一意寫溫情加驚悚，跟伊藤潤二一樣，專心一致。」

「同意。」夜王說：「所以我主攻都市驚悚。」

「夜仔，你的故事愈來愈乏味，雖然你寫短篇，但也不可以沒頭沒尾。刻板地把事件寫出來，像新聞報道啊。」

「讀者受落就可以了。現在的人很沒耐性，影片超過五分鐘也不願意看，我的短篇，只是迎合市場；事實上，我人氣一直高企。」

「夜仔，不要一味迎合市場，你要想想，當初為何要寫故事。」

「你可不可以別叫我夜仔？」

「我年紀比你大，叫你王怕你受不了，還是叫你夜仔吧。」

夜王想了想，笑說：「按照你的說法，我稱呼你細貓會否造成不敬？需要叫你大貓或貓叔嗎？」

「不用啦，細貓較平易近人嘛。」

「好啦好啦，大家也肚餓了，邊走邊說。」逆水戰意高昂：「吃完午飯就快點回來開始作戰了！」

一眾說說笑笑，話題不絕。結果，那頓午飯，足足吃了五小時！

由中午一時，吃到太陽差不多要下山，也捨不得離去！

「似乎都差不多了，我們是不是要結帳呢？」張靖最先回過神來。

「放心啦，這家餐廳跟我很熟絡，不會趕我們走的。」逆水意猶未盡。

「我不是怕他趕，而是我們已吃了五小時，是不是該回去了？」

「已經五小時了嗎？」逆水看看手機上的時間：「嘩，真是快樂不知時日過，跟大家一起說創作，太開心了！不過太陽快下山，這裡看日落超美超浪漫的！錯過了會絕對遺憾啊！你們想不想看？」

逆水盛意拳拳，眾人也不敢開口拒絕。雖然張靖覺得跟一班大男孩看日落並非浪漫的事，但說到底逆水也是這次比賽的搞手，又提供場地，所以都得順順他意。

看完日落，逆水終於捨得離開。

回到戰鬥屋，逆水一屁股趟在沙發，完全沒有寫稿的意思。

「你們先回房間。」逆水望望時鐘：「待會大家想什麼時候吃晚飯？其實我有點肚餓。」

「吃晚飯？」張靖大愕：「我們剛剛才從餐廳回來，那麼快就肚餓？」

「我們吃完午飯就一直在餐廳待到日落，中間的時間根本沒有吃其他東西。」

「如果肚餓，不如叫外賣吧，我們是不是該爭取時間開始寫故呢？」

「今日才第一天，放輕鬆點。」逆水伸了個懶腰：「你們遠道而來，怎能吃外賣，一定要吃得好，今晚吃海鮮，大家覺得好不好？」

「沒所謂啦。」張靖無奈。

「我也沒問題。」小野附和。

「張真跟野比都去，我也去啦。」細貓順應說。

「我叫張靖。」
「我叫小野。」
「抱歉抱歉，我記人名太差。」
「我沒問題。」夜王鬆鬆膀。
「我跟大隊。」秋吉也同意。
「非常好，既然大家也沒問題，我們十五分鐘後出發！」逆水興高采烈地說：「我帶你們吃全島最美味的海鮮！」
就這樣，逆水就帶大家去到一間相熟的海鮮餐廳飽餐一頓。
這一頓豐富晚餐，又吃了三小時。吃完回家，已接近十一時。
結果大家什麼也沒寫過，卻已非常疲累，張靖洗完澡，剛剛過了十二時。
第一天就此結束。
張靖坐在椅子，在電腦前發呆了好一會，本來想開始寫稿，卻毫無動力，看看手機，發現令如湘傳來短訊。
令如湘：第一天寫作順利嗎？
張靖：我一個字也沒寫過啊！
令如湘：爲什麼？？？
張靖：由中午開始，逆水就嚷著要吃東西，午餐足足吃了五個小時，回到營沒多久，他又說要吃晚餐。

令如湘：哈哈，可能這個寫作營只是幌子，逆水實際目的是想叫你們來陪他玩。
張靖：不會吧？
令如湘：爲什麼《邪惡物種》還沒有新一回？
張靖：啊！我竟忘記了！
令如湘：那你快上載，我等著看。
張靖：好的好的。好看嗎？
令如湘：還好啦。
張靖：只是還好……也急著要看？
令如湘：你太自信了，我只是以一個前輩身份看看有什麼地方可以提點後輩而已。
張靖：那你看了幾回之後，請問有什麼可以指點小弟呢？
令如湘：剛剛已說了，現時還好，沒什麼大問題，要看下去才知道，所以你要快點更新。
張靖：嗯嗯，那我現在更新。

令如湘以 Emoji 回了一個加油的圖像。

把《邪惡物種》上載後，張靖還想嘗試寫小說，不過狀態實在不佳，決定早點休息，養足精神，明早才正式開始吧。

關燈前，再看看手機，令如湘發了個訊息過來：新一回不錯，繼續加油。

望著訊息，張靖嘴角不由自主上翹。

正要關燈睡覺，房外有人輕力敲門。

「誰啊？」

「張靖，我是夜王，你睡了沒？」

張靖開門，夜王拿著枕頭及薄被站在他面前。

「你……想怎樣啊？」張靖心知不會有什麼好事發生。

「你未睡就好了。」夜王步入房間：「我不習慣陌生地方，睡不著，今晚可以跟你同房嗎？」

「吓……會不會不太好？」

「大家男人，有什麼不好？」夜王把枕頭扔向上格床：「反正床有兩層，放心，我不會打擾你的。」

「你已經打擾了啦。」張靖心想。

夜王生怕被張靖趕出房，二話不說已經跑上床了。

「今日大家也累了，好好休息。」已躺在床上的夜王說。

「那我關燈了，晚安。」

張靖正要關燈，卻被夜王喝住。

「喂喂喂……」

「什麼事啊？」

「不如把桌燈亮著。」

「你怕黑？」

「不是怕……只是陌生環境，有點光比較令人安心。」

「你去年不是來過嗎？」

「對啊，其實我真的很不習慣在郊區睡覺……我那邊窗外是個樹林，總覺得有人在外面望著我……」

「你寫恐怖故事太多，太多幻想了。」

「總之讓我睡一晚，習慣了這個環境，明天就不會再打擾你。」

「嗯。」

「那晚安了。」

「晚安。」

二人明明很累，卻輾轉反側，睡了半天仍不成眠。

「你也睡不著？」夜王劃破沉默。

「嗯，明明很想睡。」張靖望著上層床板。

「既然睡不著，不如聊聊天？」

「好啊。」

「你下一本作品決定給阿檸出版嗎？」

「對。」

「我有看你新書連載，水準很高，為何你不考慮自己出版？」夜王頓了頓，再道：「我不是針對阿檸，只是大家也是寫書，所以想讓你知道，自資出版真的會賺更多。」

「作為新作者，我不懂搞發行、印刷等事務，就連申請國際書號也覺得麻煩，所以還是交給出版社，我專心寫作就是了。」

「也是的，新作者先專注寫作，到有了名氣，儲夠讀者，再跳出來也未遲。」

「你自資的作品什麼時候出版？」

「今年一定要出版。目前還在寫，大概再兩個月就完稿，不過我還未找設計及印刷，寫完再找吧。」

「聽說後期製作也很花時間，你差不多要開始物色了。」

「這方面我又不太擔心，一本小說始終文字最重要，其他都是輔助，只要我完成故事，就不怕找不到設計及印刷。至於發行，不一定需要的。」

「哦？」

「你有聽過柑桔子這作者嗎？」

「有，這一年他跳出來搞獨立出版，成績很不錯。」

「不是不錯，是非常好呀！他在自己的網絡平台上銷售，錢收足書價十成，不用跟發行拆帳。」

「不過獨立銷售模式，很個人化，買書的一定是粉絲書迷，要名氣作者才能做得到，不夠號召力的話，書印出來就只會一直留在倉裡。」

「不會啦，現在香港有很多市集可以給獨立創作人擺攤，還有書展這個大場，根本不愁銷售渠道。」

張靖總覺得，事情不是夜王說得那麼輕易，不過他覺得夜王性格很堅持，認定了某個觀點就不會改變。

上一次只是令如湘夠強勢又有分量才令他不能回話，但其內心仍然覺得，年代不同，以作者獨立身份出書比較靈活，最重要是——賺得更多。

夜王不一定錯，只是大家看法不同，張靖無意爭論下去。

只是，夜王似乎很想張靖認同自己，所以繼續這個話題。

「上月你有去過書展嗎？有沒有經過柑桔子的『運桔文化』？」

「有啊，他的攤位生意很好，大排長龍。」

「除了『運桔文化』，『黯然出版』也是由作者自己經營，同樣取得好成績。」夜王下結語：「所以，現在是創作人獨立出版的年代。」

「你也有你的道理。」張靖圓場式回應。

「再過一陣子你就會知道，我今日跟你說的，是正確。」

「我沒說你不正確，只是大家選擇的路向不同而已。」

「嗯嗯。」夜王打了個呵欠：「時候不早了，好好休息，明天再一起加油。」

「晚安。」

沒多久，夜王沉沉睡著，並發出了雷鳴般的鼻鼾聲。

張靖雖然很累，卻在床上左轉右轉，不能入睡。

望向書桌，張靖竟然看到令如湘的背影，坐在椅子上寫小說。

令如湘當然不會出現在這裡，只是張靖意識投射出現的影像。

張靖雖沒見過她寫小說的畫面，但出現在他「眼前」的令如湘，相當專注，敲打鍵盤的動作超帥。

如雨點敲窗，節奏輕柔的鍵盤聲在張靖腦海響起，很快就掩蓋了夜王的鼻鼾。

張靖這晚睡得很淺，徘徊於清醒與夢境的狀態，直到接近天亮才正式睡著。

一醒來，已是早上九時多。

張靖的手機響起訊息提示，拿起一看，逆水在群組傳出短訊：大家早安，起床後可以下來吃早餐。

張靖起床不久，夜王也睡醒了。

各自梳洗過後，便走到一樓集合。

逆水把各人的早餐放在餐桌上，張靖坐下時，小野、細貓已在享用。

「張靖，來來來，快來吃早餐。」主人家逆水很熱情好客。

「早安。」張靖坐在餐桌前，掃視眾人：「大家睡得好嗎？」

「昨天累爆，澡也沒洗就睡了。」細貓一邊吃蛋一邊說。

「我還可以，不過狀態不好，寫了幾百字就去睡了。」小野說。

「寫到幾百字已很不錯了，昨晚意志上明明很想寫，身體卻要我躺下。不過我睡不太好……因為我房間來了個人。」

「人？誰呀？」

「夜王啊，他怕黑，所以硬要走來跟我同房。」

「怕黑？」逆水一愕：「不會吧……不過想起來，去年他白天睡覺，入黑才起來通宵達旦熬夜寫小說，原來是……」看到夜王正從一樓下來，逆水立即醒目收聲。

「夜王，快來吃早餐。」

「好的好的。」

「昨晚有沒有寫小說？」

「沒啦，很早就睡了，今日開始努力。」

「上屆盟主呢？」逆水視線移向小野。

「不太好，只寫了一會兒。」小野露出靦覥笑容。

「想不到連盟主也這樣，這樣不行啊！大家浪費了一天時間，今天要好好努力，把昨天的時間追回來，好不好？」逆水以主持人的口吻說。

聽完逆水的話，一眾互望，似乎互相接通了心意——若不跟你從中午吃到夜晚，我們早就開始寫稿了。

「好不好？給點反應啦。」逆水拍拍手。

「好……」眾人無可奈何。

「那就不准躲懶，吃完早餐就要開始了！」

語畢，逆水皺起眉頭，似發現什麼不妥。

「啊，好像還欠了一人……」逆水想了想。「秋吉呢？張靖，他跟你同一層，你有見過他嗎？」

「沒啊。」

「難道還沒起床？」逆水說罷站起來，上樓：「我去叫醒他。」

逆水走到秋吉房門，敲了幾下門，秋吉就開門了。

秋吉眼圈很深，滿臉倦容，跟平時陽光活潑的他判若兩人，一看就知整晚沒睡。

「你沒睡過嗎？」

秋吉搖搖頭。

「不習慣陌生地方？」
「不是，我整晚在寫稿。」
「寫到現在？」
「對啊，我怕落後大家太久，而且寫得算順利，就一口氣寫下去了。」秋吉擦擦眼：「現在幾點？」
「差不多十點。不如你先洗個臉，下來吃點東西，然後再繼續吧。」
「好的。」
逆水回到樓下，神情有點恍惚，沉默了好一會。
「什麼事啊？秋吉呢？」
「他整晚在寫稿，剛剛還在寫。我已叫了他下來吃早餐。」
「竟那麼勤力？」張靖微感愕然：「他寫了多少？」
「待會你自己問他。」
秋吉到來，說出答案，一眾人目瞪口呆。
「三千字？在這狀態之下寫出三千字？」夜王愕然。
「嗯嗯。」秋吉喝著牛奶：「你們呢？」
在場的每個「前輩」都不敢接話，整個大廳充斥著慚愧的味道。
「我們還未開始。」張靖直認不諱。
「你們太厲害，所以都不急著開始。」秋吉謙虛地說：「我跟各位不同，經驗還淺，如果不爭取時間，就會被拋離很遠。」

「春吉，我有個不情之請。」細貓直率：「我可不可以看看你的稿？」

「沒問題啊，我也希望前輩給我一點意見。」秋吉甩甩頭：「其實我叫秋吉。」

秋吉把手提電腦拿到地下，眾人圍著觀看，看完之後，全部呆了下來，沒一個發話。

「有那麼差嗎？」秋吉戰戰兢兢。

「這是你第幾部作品？」張靖問。

「第四部了，不過可能水準不夠，暫時還找不到出版社肯為我出書呢。」

「我想跟你說，你的故事超有創意，超有水準！」張靖讚嘆：「短短三千字，已經建立了人物及事件，你說故事的能力很強。」

「真的嗎？」秋吉大喜：「得到你認同，我很開心啊，因為張靖前輩公認為新一代的說故事高手。」

「什麼前輩不前輩，我只是比你早一步出書，不計發表時間，你可能比我更早開始啊！」張靖勉強一笑。

「好，我們不可被秋吉拋離太遠，吃完早餐便要開始寫小說了！」主持人逆水說。

「若不是昨天陪你吃飯聊天，我們早就開始了。」細貓碎碎唸。

張靖用手肘碰了細貓一下，著他噤聲。

由於秋吉從未試過在任何渠道發表自己作品，眾人對他的印象不深，只記得飯局當晚隨 Mr. RUN 而來，若非逆水邀請他入營，他們甚至不知道秋吉是作者。

他可說是一個不起眼的角色，正因為如此，才會為眾人帶來衝擊。

現場除了咀嚼食物聲之外，幾乎沒有其他聲響，連比較多言的逆水也沒發話，只想盡快吃飽，盡快開始。

張靖瞄向秋吉，瞥見他神情突然變得怪異，十幾秒間做出多個不同表情，又笑又怒又咬牙切齒。

張靖知道，他不是神打，也不是鬼上身，他的肉體雖在吃東西，腦海仍在創作。

有些創作人，無時無刻也在創作，食飯逛街睡覺，腦子也在運轉，大部分時間也像靈魂出竅，腦袋鑽進了另一個虛擬世界。

這種人百分百投入，心無旁騖，專心一致，對於故事創作有強烈追求。

秋吉就是這種狂熱份子！

眾人吃飽後整理好桌面，正想散去，逆水收到來自Mr. RUN的訊息。

「各位，Mr. RUN現在要過來。」

「他不是沒空來嗎？」

「他說約了記者，為『神隊友寫作大戰』作訪問啊。」逆水語帶興奮。

「呀？」秋吉被逆水的說話從異世界拉回現實。

場中只有秋吉身邊的張靖察覺到他的微小反應。

「有什麼事嗎？」張靖輕聲問。

「呀……」秋吉欲言又止：「有些話，我不知該不該說。」

「既然大家這幾天要一起相處，有事都可以直說啊。」

「對啊，我們是隊友嘛！」

「逆水，你別興奮得太快……」秋吉盤算了一下，然後緩慢地說：「Mr. RUN 是我朋友，我亦很感謝他帶我出席飯局，但恕我直言，他是個會計算的人，只會做有利的事。」

「他是我們的隊友，讓大戰發揚光大，對他也有利啊。」逆水明顯沒聽進耳裡，仍然在興奮狀態。

「總之……你別期望太高啦！」

可能自小在離島長大的關係，逆水的想法跟城市人有點不一樣，他比較直接單純，看事情往往只想表面，很少揣測背後動機。

所以他寫的，總是王道熱血、黑白分明、正邪對立的故事。

吃過早餐，眾人就各自回房作戰，其中逆水和細貓因為即將受訪而感到興奮，不能集中精神，欠久未能定下心神開始。

細貓還特意換了件比較乾淨的汗衣迎接記者。

兩小時後，Mr. RUN 帶了一位記者及攝影師到來。

「您們好，我是『放空』媒體記者紫菜。」紫菜頷首微笑。

「我常常上網看你的節目，想不到會有被你訪問的一天。」逆水難掩興奮：「你比上鏡還漂亮。」

「謝謝，今天要打搞大家了。」

紫菜看來大概廿五歲，笑起來有一雙香蕉眼，兩邊嘴角翹得很高，有點像小丑女。

細貓望了她一眼就全身發燙，不自然地垂下頭。

「讓我為你介紹一下。」

Mr. RUN 向紫菜逐一介紹了眾人，訪問就正式開始。

Mr. RUN 跟紫菜對坐，其他人坐在他旁邊或後面，很明顯，Mr. RUN 成了這次訪問的重心人物。

「Mr. RUN，請問為什麼會有『神隊友寫作大戰』這個計劃？」

紫菜把手機放在桌上，開始錄音。

攝影師也擺好了鏡頭，進行錄影。

「開始時，只是幾個志同道合的創作人，找個地方聚在一起寫作，後來覺得，我們可以藉著這個創作營，結集更多同行朋友，互相交流及鼓勵，好讓他們知道——創作的路，並不孤單。」

Mr. RUN 望向身後的秋吉：「好像我這位朋友秋吉，他一直也是在家獨自奮鬥，因為我的關係，他才能認識到更多小說界的朋友。」

秋吉勉強擠出一笑。

聽到這裡，張靖已知道不妥，Mr. RUN 想騎劫了「神戰」。在場真正的參賽者，都成為了他的陪襯品。

「至於理念嘛，創作本來就無分語言國籍，我希望有一日，可以把『神隊友寫作大戰』帶到世界大舞台。」

接下來的問題，全都是由 Mr. RUN 作答，儼如代言人。

至於真正的搞手逆水，卻沒有展露不悅，似乎並不介意 Mr. RUN 搶去風頭。

紫菜正要發問下個問題，卻被張靖截住。

「等等，我想插句話。」

「請說。」

「其實『神隊友寫作大戰』是由逆水一手策劃，連場地也由他提供，較深入的問題是不是由他回答比較好呢？」

Mr. RUN 沒想過張靖如此直接，有點愕然，可愣了幾秒就回神，作出回應。

「沒錯，『神戰』是由我這位朋友策劃，第一屆只有三個人，來到去年的第二屆，因為我加入了，所以參賽者開始多起來。」

「無恥！」張靖心道。

「那下一條問題，我就問逆水。」紫菜的視線移到 Mr. RUN 身後的逆水：「起初你搞這個計劃只是玩票性質？有沒有想過，這項目會為你帶來幾多名與利？」

張靖揚手，示意他上前。於是逆水便坐到 Mr. RUN 旁邊。

「從來都不是玩票性質，這是一個偉大項目啊！雖然現在的人數不多，但我相信，往後一定會更多創作人加入。至於名與利，並不是我的考慮，我只希望可以會聚更多更多喜歡寫作的朋友，好讓這計劃可以一直辦下去。」

「既不是為錢，也不是為利，那你為的是什麼呢？」

「為什麼嗎？」逆水想了想：「開心。做開心的事，已是最大目的。」

「沒想過利用它來賺錢？」

「沒有啊，我是創作人不是生意人，不懂得計算那麼多，哈哈。」

「Mr. RUN 呢？你又為何會參與這個比賽？」

「但凡有助香港創作界的事，我都會參與。」

之後的時間，大部分都由 Mr. RUN 作答，逆水偶然回答幾句，其他人分別也答了一兩條。個多小時後，訪問結束，紫菜留下卡片，就準備離去。

「今天很多謝大家抽出寶貴時間接受訪問。」紫菜有禮地說：「我知道你們還在進行比賽，加油喔。」

紫菜向一眾比了個握拳動作。

「那我先走了，日後再見。」

紫菜掃視了他們，當視線跟細貓接觸時，細貓點了下頭，不敢直視。

「我送他們走。」Mr. RUN 跟逆水說。

「好的，有勞了。」

Mr. RUN 臨走前望了張靖一眼，雖沒有敵意，也不見得有好感，循例點頭。張靖回了個沒有感情的機械式笑容。

Mr. RUN 與柴菜二人步出大門，就沒回來了。

「那個發瘟真離譜，若不是張靖出聲，他就真的成了『神戰』的發起人。」細貓有點氣憤。

「別動氣啦。」反倒逆水從容。

「逆水你脾氣真好，被 Mr. RUN 騎劫了整個計劃還笑得出。」夜王冷笑。

「Mr. RUN 能請到紫菜過來，是他的本事，讓他在鏡頭前出點風頭又有什麼所謂？」

「你一點也不生氣？」細貓卻生氣了。

「為什麼要生氣？報道一出，就會有更多人知道這件事，下一屆的參加人數定必大增！」

逆水並非裝大方：「我搞這活動，無非都是想聚集不同的創作人參與，好讓『神戰』能不斷壯大。

不管 Mr. RUN 有沒有私心，這次他的確幫了忙。」

訪問之前，張靖還一度覺得逆水只是愛玩才把朋友召集過來，但經過此番說話，張靖對他改觀不少，逆水根本就是個沒機心的大男孩而已。

張靖聽得出，逆水的說話是發自內心，他是真誠地想推動創作，縱然「神戰」只是個很小型的寫作活動，也不知道會為創作界帶來什麼正面影響，可逆水卻相信，只要能繼續辦下去，就一定會對香港創作人有所幫助。

「好了好了，快開始寫稿！」

雖然整個訪問不自然不自在不太愉快，但大家最後卻被逆水的真誠和熱情所感動，決定要更認真對待這場賽事。

於是各人便各自回到房間閉關寫作。

或者要報答逆水，又或者不想輸給秋吉，大家變得相當認真對待這一戰。

每個作者都有自己的「寫作難關」，對張靖來說，最難就是故事開首，他花最多時間就是第一回的序事行文，只要起了步，他便有信心可以每天維持平穩的速度讓劇情發展下去。

入營前他已想好了新故事的方向，但開始動筆時，還是未感到滿意，不過世上沒有最好的故事，無論他今天寫得如何，他日回看就算覺得不錯，還是會有不足的地方。

他不可以在第一回就被卡住，所以先不管質素如何，起步是最大考慮。

張靖把手機放一旁，全神貫注於鍵盤，個多小時後，終於開了頭，寫了幾百字，然後就不回頭看，一路向前。

不同的性格，有不同的寫作風格，也有不同的障礙。好像細貓，他明明善於寫故事，文筆也流暢，就是集中力不夠，寫不夠幾分鐘就會拿手機出來看，有時候看著看著就胡混過了幾小時，看到眼也累了，就不想再重回寫作；總以為明天還有時間，休息夠了再開始吧；就這樣渾渾噩噩，一個月也寫不出一回來。

小野很敏感，心臟不夠強大，情緒容易受到影響，試過因受不了網上讀者的追稿壓力而停止連載，後來因負評太多更決定從此不再在網絡發表作品。

夜王很會計算，若他鎖定了要在五千字內完成一個短篇，字數就絕不會超越五千零一百。哪管結局草草收場，也絕不會花更多時間在同一個故事上；很實際，但卻因太計算而令故事失去情感。

至於秋吉，他應該是一眾之中，最專注的一個。一旦投入下去，就進入了入定境界，旁若無人、不眠不休，完全墮入故事世界，一人分飾幾十人，享受他的創作。秋吉絕對是眾人的一大威脅，所以每一晚都會有不同的人在群組內查問秋吉的進度。

本來逆水並不建議互相查探對手的進度，他認為這會令創作變得不純粹，可秋吉的實力實在令人咋舌，已成「眾矢之的」。

踏入第七天凌晨十二時，第三屆神隊友寫作大戰，正式結束。

逆水在地下敲響銅鑼：「結束了！結束了！各位隊友請離開鍵盤，下來集合。」

一刻鐘後，眾人陸續來到地下。

「很多謝大家參與今屆比賽，為了不影響心情，結果會在明天才公布。」

「不用公布也知道，夏吉肯定是今屆盟主。」細貓一臉洩氣：「由一開始他已經拋離，第四天已寫了萬多字，他是瘋的。」
「就算秋吉真的是今屆盟主，也要公布誰是懦夫啊！」
細貓有點心慌，似乎又有當懦夫的覺悟。
「辛苦了幾天，現在什麼也不用想，好好玩玩！我準備了完賽特備節目，讓大家放鬆心情。穿上鞋子就可以出發啦。」
「去哪？」
「不用急，穿好鞋子就會知道。」
眾人穿上鞋後，跟逆水走出房子，發現門外放了幾部單車。
「你們都會騎單車吧？」
「深夜騎單車？」細貓反應很大。
「只要你懂得騎車，就不用怕天黑的問題。我在這裡生活了二十多年，就算蒙著眼也認得路。」逆水自行選了一台：「上來啦。」
還沒有等到回答，就急不及待騎上一台單車。
「來啦來啦！跟在我後面！」逆水騎車疾走。
眾人交叉互望，似乎對突如其來的深車騎車都沒太大興趣，不過因為他是逆水，就算多不願意，都得捨命陪君子啦。
起初他們以為這項特備節目很無聊，但當一班大男孩騎著單車互相追逐，確實有種自由自在的快感。
晚風迎面撲至，清空了腦袋，令連日來因寫作而出現的繃緊情緒得以紓緩。

「來來來！踩快一點，過我頭！」帶在最前的逆水回頭望向隊友。

「死中二，我來過你！」細貓加速。

想不到細貓看來瘦弱，騎車卻非常帶勁，一眨眼就過了逆水。

「那麼犀利？」

逆水被細貓嚇了一跳，正想加速，又被張靖和秋吉超越了。

「你們幾個太可惡！」逆水加快踏率，大吼：「沒有人可以超越在我的前面！」

說完這一句，夜王在他身邊掠過。

「搞什麼，你們全都是單車小霸王嗎？」逆水咬牙力追。

半小時後，幾個一身臭汗的大男孩，在一間廟宇對出的空地上席地而坐。

「嘩，今晚天色很好，可以很清楚看到天上的星星。」逆水仰望著天空說。

「出一身汗的感覺真好。」

「對啊，不用等到第四屆，你們有空也可以過來玩啊。反正我家有房間。」

「你真幸福。」細貓慨嘆：「我人到中年還是跟家人一起住公屋，從來沒擁有過自己的房間。」

「那寫作會不會很困難？」

「我在書店工作，老闆人很好，知道我喜歡創作，關門後可讓我留在店內寫小說。」

「你老闆真不錯。」

「對啊，我每次出版新書，都在書店留了最當眼的位置給我。」

「喜歡看書和寫書的人，都是好人。」逆水理所當然地說。

「真的嗎？有什麼根據？」夜王插嘴。
「沒根據的，總之就是了。」
「Mr. RUN同樣是寫書的，難道他也是好人？」
「其實他並不是做什麼壞事，只是、可能、或者……有點急功近利，想以捷徑成名吧。」
「他騎劫了你的比賽，你仍可替他辯護，不知該說你胸襟廣闊，還是不識世途險惡。」
「沒所謂啦，總之有利於香港創作就可以了。」
「逆水，我有個問題想問。」張靖突然想起什麼：「『神戰』是不是不讓女作者參加？」
「不是啊，我沒有歧視女性的，只是叫女生入營，好像不太方便。」逆水解釋：「而且也沒有女生肯跟一班男生混在一起生活吧？」
「其實令如湘知道我入營後跟我說過想參與。」
「是嗎？」細貓、逆水同一反應。
「對，她說『神戰』只是個小圈子的比賽，要鬥，就拿出真正的實力，號召更多作者，在市場一決雌雄。」張靖頓了頓。
夜王臉上肌肉不自覺抽搐了一下。
「她有什麼想法？」逆水好奇。
小野、秋吉屏息以待。
說到底令如湘也是新一代最有名氣的作者，眾人也想知她要搞一場什麼形式的比賽。
「她希望大家可以在十二月出版新作，在各大暢銷書榜分個高下。」
眾人靜了幾秒，夜王開口。

「這又有點不公平，以秋吉為例，他到現在還沒出版過實體書，就算十二月真能推出，作為新人也肯定敵不過她。」夜王立即反對。

「夜仔說的沒錯，令如湘是暢銷女王，前設已贏了，怎跟她鬥？」細貓附和。

「沒錯，所以我已否決了她，並且想出了全新的賽制。」

「什麼賽制？」逆水更好奇了。

「——接龍。」張靖。「一個接一個，每人限五千字之內，接龍者必須要在五天內完成自己的部分。」

「好像很好玩，但怎分勝負？」

「放上討論區連載，正評最多那一段就是勝出者。」張靖續說：「但我們上載前，只能透露有哪些作者參加，不可以讓他們知道哪個作者寫哪一段，否則有名氣的作者，一定會取得fans票。」

「有趣！有趣！讀者做評判的確公平。」逆水想了想：「不過如果太多作者參加，連載豈不是沒完沒了？」

「所以這次大概只能讓十位作者參加。」

「好呀！我們幾個加上令如湘有七人，還有沒有其他人選？」

「我提議慕容公主。」

「贊成，我問問Mr. RUN。」

「你還邀請他參戰？」

「說到底他也是『神戰』的元老級人物，要他落單不太好。」

「元老級？」張靖揚了揚眉頭。

「張靖，你問一下令如湘有沒有朋友想參與好嗎？」

「沒問題。」

「新賽制很吸引，我現在已經很想寫了，哈哈。」興奮點很低的逆水再次亢奮起來。

「你很心急。」

「難得想到如此有趣的賽制，當然想快點開始。這一屆連令如湘也來了，我們即將要跟這超級人物交鋒，真要想想對策。」逆水想了想：「論能力，最有可能跟令如湘一爭長短的，我認為是張靖。」

「我？」張靖指著自己。

「無可否認，你是我們這班人之中，說故事能力最強的一個！」逆水轉望向秋吉：「還有秋吉，你是文壇黑馬，我看好你。」

「我連書也沒有出過，能參與已很開心了。」

「以你作品的質素，出書只是時間的問題。」逆水想起來：「對了，你不是把稿子交給了陳浩基嗎？」

「對啊，我還在等待他出版社的回覆。」

「替基哥出書的『冠軍出版』是家大公司，如果收到合約，一定要注意條款。」

「知道。」

「小野，你曾經連續三個月登上暢銷書榜三甲，論戰績你是最有有可能擊敗令如湘。」

「那已經是幾年前的事了……」小野失落回應：「《急行夜車》之後，我都沒寫出驚艷的暢銷作品。」

「你既有能力寫出《急行夜車》，就一定可以寫出下一部，別失去信心。」逆水理所當然地說：「我信你可以。」

「為什麼你看事件總是那麼容易、那麼樂觀？」小野則似乎是悲觀的人：「有時候，連我也懷疑，自己是不是已寫不出比《急行夜車》更好的故事……又或者，當初只是好彩而已。」

「寫作沒有好彩這回事，《急行夜車》之所以爆紅，是因為好看，是因為你的能力。所以不用懷疑自己，因為你本來就是說故事的高手。」逆水很善於說勵志的話：「別想太多，寫吧！」

逆水的想法很直線很正面，有時候更會過分樂觀，雖然沒有任何理據支持，但他總認為，只要不是突然燒壞了腦袋，他的隊友都能寫出獨當一面的佳作。有時世道太令人煩惱，是需要逆水那種單純的自信，才可在千瘡百孔的世界裡活得有希望一點。

「嗯，謝謝你。我會努力。」小野害臊回應。

細貓的視點落在廟宇後面的小山，指著那方向問：「那邊是不是有一間大宅？」

「對啊，也不知荒廢了幾多年。」

細貓突然站起。

「你……想打什麼主意？」

「過去看看。」

「吓？」逆水反應有點大：「廢屋有什麼好看？」

「就是廢屋才好看，大家起來吧！」

張靖瞄到夜王表情起了點變化。

「等等，先問問大家意見。」張靖若有所指。

「夜仔，你怕黑嗎？」細貓順著張靖的目光望向夜王，竟沒修飾直接就問。

「哪有……」夜王不情不願站起身。

「那還有誰怕黑？」

男孩子都不願在他人面前展露弱弱的一面，就算怕黑也不會承認，逐個起身。

「那就行吧，阿水，你帶頭。」細貓拍拍逆水的肩膀。

「為什麼要我帶頭？想去的人明明是你。」

「這裡是你的地頭嘛，別像個女人般鬧彆扭，走吧。」

逆水不情不願，卻一時間找不到藉口拒絕，唯有硬著頭皮往前行。

「別怕，我在你後面。」

細貓跟在逆水身後，接著是秋吉、小野、張靖，殿後的是夜王。

一行六人走到小山坡，由於路太黑，各自拿出手機電筒照明。走在最後的夜王總覺得背後好像有什麼東西，不時往後望。

「張靖。」夜王輕力戳向張靖背部：「可不可以跟你交換位置？」

「為什麼……」

夜王沒發出聲音，以口形說：「我怕黑。」

張靖不忍拒絕，只好停下腳步示意上前。

夜王雙手合十道謝。

當夜王在張靖身邊擦過時，張靖輕聲說：「其實我都怕。」

這六個男孩，包括發起要過去的細貓，個個都怕。

有時候，當一群男生走在一起，就會做出一些獨自一個時不會做，也不敢做的事。那些事，大部分都是做了不會得到任何利益和得著，甚至當下也知道是很無聊很白癡，可是卻照樣去做。大概，這就是青春，或該說是青春的心態。

走了一段路程，眾人終於來到大宅門口。

破爛的巨大木門虛掩，只要一推就可以進入。

「推門入去啦。」細貓對逆水說。

「為什麼你不推。」逆水沒好氣。

「別怕，我們是隊友。」

「我們是隊友，跟誰推門有什麼關係？」

「一人推一邊，如何？」

「別煩啦……」

就在細貓跟逆水糾纏不休，張靖不知道哪來的勇氣，一手拿著手機，另一手已推門而入。

一入大宅，張靖已感到裡面一陣陰森，滿室瀰漫著難聞的酸臭味道。

「好臭……」細貓掩著鼻。

「是你嚷著要來，不准掩鼻啊。」

「我進行拍攝。」

手機的小燈在宅內大廳照射，一地都是凌亂不堪的垃圾雜物。牆壁已被日子蠶食剝落，露出破舊的歲月痕跡。

他們小步向前，突然不知道誰發出了尖叫。

然後——

「嘩！」

平素斯文又沉默的小野，竟在這時候大叫了一聲。

「上面呀！」

張靖的手機朝上一照，驚見一具屍體，項上套了粗繩懸掛在木樑上。

「呀！」「呀！」「呀！」「呀！」「呀！」

尖叫聲此起彼落，六個人前仆後繼，直衝向大門方向。

「救命呀！救命呀！」細貓邊走邊吼。

細貓第一個走出去，甫一出門隨即感到胃部一陣抽搐，吐出大量嘔吐物。

「走呀！」張靖一手扯著細貓的衫領把他拉走。

眾人如亡命小巴失控似地瘋狂衝落山坡。他們被剛才一幕嚇得魂飛魄散，腦袋好像停止了運作，想不出任何東西，刻下毫無懸念只需要做一件事——走！

一刻過後，氣喘如牛的六人，安全回到廟宇空地。

細貓還未回氣，又吐一次。

「是誰提議上去？」細貓對廟跪拜。

「是你呀！」五人異口同聲。

「我嗎⋯⋯」細貓邊拜邊說：「我只是說說，你們可以勸阻我嘛！」

「你還敢反說我們不是？」逆水動真火：「信不信我現在就打你！」

「別動氣……我只是說說。」

「剛才……嗄……真的嚇死我了……嗄……」秋吉驚魂未定：「我從來沒有見過屍體。」

「我也沒見過。」小野手在抖：「當我第一眼看見他時，我真的感覺到，魂魄被嚇到離開了身體。」

「記住這感覺，對你寫作有幫助。」夜王突然說。

「對啊，這經驗有錢也買不到。」細貓定下神來：「我幫你們賺了寶貴體驗啊。」

「那是不是要多謝你？」

「不用謝了。」

「我們是不是要報警？」

「要啊……不過……」細貓欲言又止。

「不過什麼？」

「不過我要先回去換褲，我好像滲了一點尿水出來……」

「瀨尿嗎？」夜王問。

「不是瀨，只是突然受驚而導致膀胱的憋尿系統出現鬆懈。」

「嗯……其實我也差不多，不過不是膀胱，是肛門。」逆水說。

「吓，你瀨屎？」細貓大愕。

「不是呀，情況跟你一樣，滲出了一點點而已……」

「屎……怎會浸出一點點？」

「會的。」

「喂！夠了瀨屎又好瀨屎又好，先回營清洗再報警啦！」張靖總是在適當時間說適當話。

當晚落完口供，已經接近天光，他們雖然很累，卻怎也睡不著。

夜王頭暈發燒，索性走到大廳跟逆水閒聊。

不料沒多久，逐個回到地下大廳。

「既然大家也睡不著，不如現在就宣布第三屆的結果吧？」

眾人好像已不太在乎比賽結果，沒一個表現出十分雀躍。

逆水計算過後，結果出爐，大熱秋吉以二萬八千字成為今屆盟主。

至於懦夫，依然是細貓。

「秋吉，首一萬字你寫得很不錯，不過之後開始繞圈子，失去了節奏。」逆水說：「論原整性，張靖的確比較好，不過他卻只寫了萬多字，所以……今屆盟主是屬於秋吉。」

「這個賽制根本存在問題。」細貓抗議：「我認為不應該著眼於字數。」

「你當然不想著眼字數啦，寫了一星期，竟然連三千字也沒有……」夜王瞄向細貓：「這星期你晚晚在房看AV打飛機嗎？」

「別那麼得戚，你只是險勝我。老子的眼光已放到下一屆了。」細貓一臉不在乎。

「秋吉，把問題改善，你一定會有進步的！」逆水無視二人的幼稚爭拗，轉向秋吉說道。

「多謝各位前輩。」秋吉滿心歡喜。

「小野，你的新故事開得很好，千萬別再被網上的留言影響，你根本就很強！」逆水鼓勵模式開動：「還有，你在大宅那一聲『嘩』，超有氣勢的，哈哈。」

小野尷尬陪笑。

「個人認為，今屆最有驚喜的故事，是張靖的《極道貓奴》。」

「哦？」

「我沒想過你可以風格如此多變。連載中的《邪惡物種》是黑色暴力，沒想過之後竟是帶點暖心的輕鬆作品。」

「其實《貓奴》中後段也很暴力。」張靖一笑。

「好，我現在宣布，第三屆『神隊友寫作大戰』正式結束。接下來大家要繼續努力，準備迎接另一場戰鬥！」

大戰落幕，各自執拾行李，吃過簡單早餐，就在碼頭坐船離開。

逆水因為要出九龍，所以跟大夥兒一起搭船。

坐上回程的渡輪，早已累透的六人終於呼呼大睡，像極一班小學生。

人類是群體生物，當一群人透過一起鍛煉、共同作賽，便會建立互信。汗水發酵為熱血，讓個體成為團隊。就如士兵在戰場一起抗敵，有過這種經歷，大家成了共同體，情感在短時間內增幅擴張。那種經過同生共死所的情義，是無法在辦公室或酒吧尋找到的。

這六個大男生雖沒有共生死渡患難，也沒有一起在球場上作賽，但經過七天的相處，以及昨晚的屍體發現事件，彼此已經由認識的人變成普通朋友，再進化為——隊友。

渡輪抵達中環碼頭，眾人居然有點不捨，站在街頭繼續一輪對話。

「張靖，昨晚你是不是拍了片？」

「對啊。」

「可以傳給大家嗎？」逆水神秘兮兮：「但不要傳到群組，昨晚的事，是我們六個人的秘密，在此立下契約，誰都不能公開。」

「怎麼立契約？公開了又怎樣？」細貓問。

「大家點過頭，契約就成立，破壞契約者，將被詛咒，不但失去神隊友的同行資格，更喪失寫作的能力，大家有沒有意見？」

「沒有。」眾人同應道。

「契約成立。」逆水宣布。他真的很中二，張靖心想。卻不惹人討厭。

立過契約，再閒聊了一會，各人準備離去。

臨走前，細貓爆了一句：「江湖再見！」

「什麼江湖再見，別那麼老土啦。」夜王摸摸手臂：「全身都起雞皮疙瘩了。」

「老土？你不覺得很酷嗎？」細貓一臉認真：「少年，你太年輕了。」

「知道你比我們老了。」

「張靖，你一會去哪兒？」細貓無視夜王，轉移向張靖。

「回家睡覺啦。」

「……」細貓欲言又止。

「你有事找我？」

「沒事沒事。」

散去後，走到巴士站候車的張靖，電話響起，那是令如湘的來電。

「喂。」

「張靖，賽果如何？」
「秋吉贏了。」
「那個鬈髮正太？他好像連書也沒出過，居然贏了你們？」
「很出奇嗎？」
「爆大冷啊。」
「他就像武俠故事那些隱藏高手，名不經傳，一出手就驚天動地。」
「那麼犀利？」
「對啊。」
「說正事，明天中午有沒有空？」
「有啊，什麼事？」
「旭仔想見你。」
「你老闆林志旭？」
「嗯，意不意外？驚不驚喜？」
「很意外、很驚喜。」
「那明天見。」

第九話

「林志旭」

旭日文化

為了讓張靖有個心理準備，所以跟旭仔見面前，令如湘先約了張靖午飯。
「林志旭為何想見我？想找我拍電影嗎？」張靖喝了口咖啡說。
「我第一次見你的時候，你明明很內斂很謙虛，還有點害羞，為什麼現在會那麼自大？」
令如湘搖頭說。
「這不是自大，是自信。」張靖放下咖啡杯：「若不是找我拍戲……林志旭為何要見我？」
「我前幾天推介他看《邪惡物種》，他看了幾回就叫我約你見面。」
「既然不是垂涎我的美色，一定是欣賞我的才藝，他想羅致我？」
「應該是吧，你待會就知道。」令如湘突然轉話題：「寫作營好不好玩？」
「比想像中好，起初還擔心跟大家困住七天會出現什麼問題，相處下來又很開心。」
「你們弱爆，竟敗給了一個未出道的小子。」
「就算是小子，他也是個很強的小子。」
「是嗎？」令如湘不太相信：「如果我也有參與，不知能否贏他？」
「你相當好勝。」
「好勝不好嗎？好勝才有鬥心，才會力爭上游啊。」
「喂，你怕不怕屍體？」這次到張靖轉話題。
「看看什麼屍體啦。」
張靖把當晚潛入大宅的經過告訴令如湘。
由於立了約，所以他沒有把片子播出來。
「嘩，原來還有這麼刺激的節目。」令如湘瞪大眼：「好想在現場啊。」

「你不怕？」

「有什麼好怕？」令如湘：「哈哈，那個細貓真的不行，給嚇至嘔吐！」

「別笑人家啦。」張靖沒把逆水失禁的事說出來。

「你有沒有跟他們說新賽制的事？」

「有啊，他們都答應會參與。」

「好玩好玩，期待期待。」

「你有沒有其他人想推薦？」

「喜喜吧，他應該有興趣的。」令如湘看看手機的時鐘：「差不多了，行吧。」

升降機門到了頂樓打開，面前是個接待處，女接待員見到令如湘對她笑了笑，按了枱上一個鍵，右面一堵牆便慢慢敞開。

令如湘用下巴示意，張靖便跟她走入裡面。

大廳裝潢簡潔，工作枱都是木製，不同角落種了植物，牆上掛滿電影海報，窗外是維港海景，環境一點也不死板沉悶，在這個氛圍下工作，員工都表現得自在愜意。

怎樣的老闆就有怎樣的員工，看公司的工作氣氛，張靖就知道林志旭應該對員工不差。

走到林志旭房間門外，令如湘敲了兩下門就推門而入。

坐在透明玻璃辦公桌前的林志旭，身穿黑色修身西服，看來像個陽光大男孩，一見令如湘就露出笑容。

「旭仔，他就是張靖。」令如湘為他們互相介紹。

「林先生，你好。」張靖伸手。

「張靖你好，叫我旭仔可以了。」旭仔跟張靖握手：「請坐。」

張靖跟令如湘平排而坐，與旭仔面對著面。

正眼望著旭仔，張靖覺得他可能只是比自己大好幾年，頂多三十五。

「張靖，我看過你的《邪惡物種》，很喜歡，有沒有興趣加盟我們出版社？」旭仔單刀直入：「你這故事很適合改編電影，如果你願意加入我們，我答應把它影視化。」

影視化，很多作者都以此為目標；有些人，寫了十幾年，出版過幾十部小說，也等不到這機會。

張靖至今只出版了一本作品，機會卻已在眼前。

「但我已答應了另一間出版社。」

「簽約了沒有？」

張靖擰頭。

「但內文已進行編輯及製作。」

「唔……你跟出版社老闆有交情嗎？」

「有，我第一本書就是她幫我出版的。」

「那似乎真的很難把稿子收回來。」

「不行啊，這樣不太好。」

「有誠信，那我就不多費唇舌。」旭仔快人快語：「書不是出一本的，這本不能合作，還有下本啊。新故事留給我，可以嗎？」

張靖表情有點為難。

「既然你跟她有交情，一定想繼續跟她合作下去，理解的。」旭仔快人快語：「認真跟你說，我看好你，所以很想你可以成為我公司的作者。」

「你只看了我幾回故事，不怕我只是碰運氣寫出來？」

「我搞電影已一段日子，算不上很成功，但什麼是好題材好故事，還是有點觸覺。有些劇本，看幾頁就知道是爛故事，不好看就算了，還不合邏輯、狗屁不通，愈看愈生氣；有些劇本，像有魔力，懾人魂魄，令人捨不得放手，一頁頁追看下去。」旭仔頓了頓，望著張靖，微笑說：「你的說故事能力，屬於後者。」

就連張靖也估不到，旭仔會給自己如此高度評價。

「小說影視化在歐美、日韓都很普遍，但在香港卻好像沒太大起色，所以我才開出版社，希望可以作出一點改變。好劇本難求，但其實香港也有很多有創意的小說作品，雖然未必個個寫得流暢，但不少都有很好的點子。」旭仔仍保持微笑：「有好故事，我自然就有辦法把它變成好劇本。」

劇本是一劇之本，正如旭仔所說，好劇本難求，所以他才要創立出版社，自己製造一個故事寶庫。

所以遇到說故事的高手，他一定不會放過。

「我知道你有你的考慮，總之你想清楚之後，找Molly或打給我就可以了。」旭仔拿出手機：「不給你卡片了，直接交換電話好嗎？」

「沒問題。」

交換了電話，張靖跟令如湘就離開了公司。
短短一段對話，張靖已知道旭仔是個爽快的人，最重要是，他認真想推動小說發展。
「怎麼啦？不想做我的師弟嗎？」令如湘望著張靖。
「不是不想，是很為難啊。」
「我知道你跟阿檸關係不錯，但這是一個難得的機會，如果她想你好，應該也不會阻止你發展。」
「我明白，但她因為我，接下來想開一個新系列。我就這樣一走了之，豈非很沒義氣？」
「你們最初的關係，只是建基在商業事情上，她是看你的作品有出版價值才找上你，所以我覺得你不用太感情用事；何況，我看你跟她的感情，未至於深得要押上你的出版前途。」
令如湘此番話很理性，而且也是事實。張靖並非蠢人，他當然理解。只是有時候現實很多決定，並非可以完全理性。
「我再想想。」
「你們男生就是這樣，優柔寡斷。」
「我只想認真考慮一下，也算優柔寡斷？」張靖語調變重了。
令如湘自知惹毛了張靖，扁起嘴，不敢說下去。
之後的一段路，二人也沒有說過一句話，氣氛變得不太好。
「對不起。」令如湘受不了沉默。
張靖望向她，見她一臉為難，好像受到傷害的模樣。

「說什麼對不起？」
「你生我的氣嘛。」
「哪有？」
「那你為何一直不出聲。」
「我在思考東西。」
「思考什麼？」
「沒什麼。」
「那你慢慢思考，我不打擾你了。」
然後，又沉默了一段路程。
張靖突然停下來。
「幹嘛？」令如湘跟住停步。
張靖直視令如湘。
令如湘也沒迴避。
就這樣，四目交投了好幾秒。好像小學生玩對望遊戲，看誰先受不了移開視線。
張靖還是敵不過，垂下頭來。
「你輸了，哈哈哈。」
張靖再次抬頭：「我喜歡你。」
令如湘這個人，不造作不矯情，直腸直肚，沒太大恥感，似乎沒有任何事情可令她感到尷尬或不自在，聽到張靖這句話後，她卻愣住了。

畢竟，始終都是女生。

張靖在等她的回覆。

「謝謝你喜歡我，我也喜歡你。」令如湘難得溫柔但堅定地說：「但我不可以接受你。」

張靖顯得緊張。

「為什麼？」

「喜歡有很多種，我對你，不是有愛意那種。」令如湘緩緩道：「不是你不好，只是我有女．朋．友。」

「女朋友？」

「對啊，我跟你一樣，喜歡女人。」令如湘淡然説道：「茉莉是我女朋友。」

張靖腦海出現了茉莉在台上唱著《關於我愛你》的模樣。還有二人望著對方時的神情，那是傳達愛意的眼神。

張靖忽然想到，令如湘的英文名字Molly。

「Molly、茉莉，是情侶之名嗎？」張靖苦笑。

令如湘笑而不語。

兩人繼續未完的路程，張靖的腦袋像被抽空，想不出任何話題，二人就靜靜地慢步彌敦道，一直走到令如湘樓下。

「到了。」

「嗯。」張靖點點頭。

「不要不開心啦。」令如湘掃掃張靖的頭：「我們還是好朋友。」

「但我不只想跟你做好朋友。」

「今世應該沒辦法啦，下一世吧。」

「嗯。那約定好了。」

「拜拜。」

令如湘步入大廈，又探頭出來。

「喂！我還是很希望你可以做我師弟。」

「嗯。你回去啦，拜拜。」

令如湘上樓，張靖變回獨自一人。

記得上次又是這個地方，張靖還對前路充滿期待，還覺得五光十色的旺角很美麗很有生氣，此刻卻是一片灰濛濛。行人行車都沒了聲音。

——張靖的思緒躲進寂靜，沒入了穹蒼裡頭。

他無意識在街上流連，走了不知多久，手機響起 WhatsApp 短訊提示，拿出來一看，竟是細貓。

細貓：張靖，現在有沒有空？

張靖：有，有什麼事啊？

細貓：可以見個面嗎？

張靖：可以。

細貓沒試過單獨找張靖，他一定有什麼特別事情，故此張靖亦沒多問就答應。

二人約了在旺角一個公園見面。

張靖一見細貓，被他的失意模樣嚇了一跳。

「幹嘛生意失敗似的？」

「生意失敗算得上什麼？在我身上發生的事，比生意失敗慘痛一百倍。」

「一百倍那麼誇張？」

「絕不誇張。」

「到底是什麼事？」

「我失戀。」

「哦？」張靖訝異：「原來你有女朋友。」

「你好像覺得我有女朋友是什麼奇怪大事似的？」

「不不……別誤會。但，她為何要甩你？」

「其實我跟她還未開始。」

「失戀？原來是表白失敗。」張靖心想，又道：「你是怎樣向她表白的？」

「我直接 WhatsApp 問她『受溝嗎？』。」

「吓？什麼年代啊？」張靖嚇了一大跳：「她怎樣回應？」

「她叫我以後不要再騷擾她。」

「那麼決絕？你跟她認識了多久？」

「跟你差不多……」

「吓吓？」張靖大惑不解：「她是誰？」

「上次訪問我們的記者——紫菜。」

「吓吓吓？你怎會有她電話？」

「上次她留下卡片，我偷偷拍下了。」

「真的沒想過呢。」張靖還是很驚訝：「連話也沒說過一句就問她『受溝嗎』，她隨時可以告你性騷擾。」

「我只是表白，怎會變成性騷擾？」

細貓雖然比張靖年長，但對結交異性，還好像停留在小學生階段一樣。

「為什麼要告訴我？」

「不知道……失戀一刻，好像世界末日一樣，很想找人傾訴，我就想到你。」細貓續道：「在碼頭時，我就想問你有沒有溝女的秘方。」

細貓大概已把張靖視為知己級的朋友。

「多謝你信任我。」張靖勉強一笑。

「張靖，看你的樣子好像有心事。有什麼事也可以跟我說，我絕對會保密的。」

「其實我跟你一樣……」

「你也失戀嗎？」

張靖搖搖頭：「表白失敗。」

「即是失戀啦！」

「你說這是失戀的話，那就是失戀。」張靖不想花力氣爭論。

「想不到像你這麼帥也會失戀，我心情立時好一點了。」細貓立時精神起來：「對方是誰？」

「令如湘。」

「愛情小說天后令如湘？」細貓瞪眼。

「嗯。」

「嘩，張靖小弟，你這是越級挑戰呢。」

「你說我越級挑戰？」張靖指著自己的鼻頭，不忿：「你越的級會不會比我多呀？」

「怎會？我是作家，她是主播，工作性質本就不同。但你跟她都是作家，她比你紅，所以你是越級挑戰。」

張靖本想繼續爭拗下去，但轉念又覺得沒有意義，就算贏了他，結局都是一樣。令如湘都是不會接受自己。

「說不過你了。」張靖苦笑。

「別垂頭喪氣。」細貓拍拍張靖肩膀，豪氣地說：「我們一起化悲憤為創作，寫出超強作品，令她們後悔！」

「就算我們寫出超強作品，相信她們也不會後悔。」

「別長他人志氣，滅自己威風！」細貓堅定：「信我，她們一定會後悔的。」

張靖忽然覺得，這位大叔也有可愛之處。

「就讓我倆可以寫出稱霸情場的傳世巨著！」

「好，一言為定。」

第十話「狄一杰」

神人
ULTIMATE ONE
狄一杰
#1

跟令如湘分開的畫面，就如映畫定格，嵌入張靖腦內。

表白失敗，加上「轉會」的抉擇，張靖這一晚注定要失眠。

張靖偶有失眠，他知道當失眠來襲，愈想入睡就愈更清醒，所以再遇到這狀況，他不再強行去睡，利用睡眠時間，寫作吧。

張靖坐在書桌前，開始續寫《極道貓奴》，寫了一會兒，才記得要上載《邪惡物種》，他突然不想逐回連載，於是一口氣把未連載的章節放上平台。

看了看手機，發現小古傳來訊息。

小古：張靖，明天我要到電影公司上班了。一直沒跟你提起轉職，因爲想等到落實才告訴你，抱歉因爲面試前花了很多時間準備，所以有一陣子沒跟你見面。我有看你的連載，你要加油，我也會努力。

知道小古的近況，張靖覺到一陣感動。雖然小古沒有提起做哪個崗位，但一定跟創作有關。小古沒有放棄創作，很好啊，雖然大家身處不同的界別，但張靖相信，總有一天他們會再次合作。

小古走進了電影界，其實自己眼前也有個機會，只是如果答應了林志旭，又如何面對阿檸？連串問題，張靖此刻暫時找不到答案，打算睡醒了才下決定。

躺在床上再看了一會手機，在網絡上看見狄老師在港島區舉辦了個人畫展。看了他幾張畫，畫功當真強到一個點。撇開抄襲這事件，張靖是真心欣賞他的。看著看著，就睡著了。

睡到中午，張靖發現手機傳來很多短訊，細貓、逆水不約而同看完《邪惡物種》的連載，都說比《覺醒》更精彩好看。

另一個短訊是秋吉傳來，說「冠軍出版」對他的作品沒有興趣，但另一間「大城文化」卻有意出版，那邊今早把合約電郵給秋吉，看完之後，感到有點困惱，於是找上張靖。

秋吉把合約傳給張靖，他看完之後，就立即致電給秋吉。

「秋吉，這張合約，我認為不可以簽。」

「你也覺得有問題嗎？」

「當然有問題，先別說版稅有多少，這合約一簽就十年，這十年內你所有的作品也要讓他們出版，你交的稿，他們有出版的決定權，就算不出版，你也不能把稿子拿到另一間公司。這是張賣身契約。」張靖氣憤。

「但很多有名氣的作者也在這家出版社出版，這種條款他們應該不會簽吧？」

「這張合約明顯就是用來招呼新人。」

「那怎麼辦？」

「先不要簽，如果你的故事不行，他們都不會找你。如果你不介意，不如我把你推薦給阿檸好不好？」

「當然好啦！」

「阿檸給你的合約是怎樣的？」

「我跟她簽的是小說出版合約，每本作品獨立簽一張。簡單說，就是這本簽給阿檸，下本卻可簽給另一間。對於作者來說，自由度較大。那邊給你的，是作者合約，一旦簽了，未來十年也不能跟其他公司合作。」

「我也有提出過這問題，他們說因為我是新人，公司需要投放時間和資源為我建立名氣，如果努力把我捧紅之後有別的公司挖角，對他們損失很大，很沒保障。」

「這一套在以前或者說得通，但年代不同了，作者要跑出來，不一定要靠出版社。」

「也是的……那拜托你跟阿檸聯絡了。」

「沒問題。」

跟秋吉結束對話沒多久，張靖就找阿檸，並約了她晚上見面。

張靖急於要跟阿檸見面，除了秋吉的事情，最主要是「旭日文化」挖角一事。他並不是個拖泥帶水的人，但這次的確讓他困惱了好一陣子，他必須盡快解決，所以他要當面跟阿檸說清楚，今晚就要作出決定。

跟阿檸的約會時間在晚上，下午時分，張靖走到狄老師開畫展的場地，由於是平日，人不算很多，可以讓他慢慢賞畫。

論畫功，狄老師當真是頂班中的頂班，張靖看得津津樂道，真心讚嘆。

只欠一步，就可以跟這位神一般的畫家合作，回想起來是有點遺憾，但並不可惜。

待了接近一小時，張靖滿足地離開，當步出展館，身後有人叫住他。

回頭看，對方竟是狄老師。

「狄老師？」張靖一愕。

張靖以為平日下午時段碰見狄老師的機會較低，最後還是「相遇」。

他曾想過，如果遇見狄老師，對方會有怎樣的反應？裝作看不見？還是不屑一顧？

「畫展好看嗎？」

張靖似乎疑慮過多，老練的狄老師，沒因為「那件事」而惱怒。

「精彩。」

「其實我一早看到你，不過見你看得很入神，所以沒打擾你。」

「你的畫真的很犀利。」

「畫是可以的。」狄老師半開玩笑說：「可惜找不到像你這種編劇幫手。」

起初張靖還怕遇見狄老師是尷尬，看來自己想多了。

「狄老師別跟我開玩笑了，以你的能力及地位，找編劇怎會是難事？」

「找編劇不難，但要找個好編劇，太難。」狄老師輕輕地說：「不騙你，你是難得的人才，否則也不會挪用了你的故事。」

狄老師主動提起當日的事情，張靖一時間接不上話，想了好幾秒才道：「你沒生我的氣？」

「生氣的人，應該是你吧？那你又有沒有生氣？」

「起初有一點，後來就沒有了。」

「其實當時傳媒找上你，你大可以把真相告訴他們，但你選擇了沉默，再用你的方法為自己討回掌聲，由始至終也沒有提起抄襲一事，處理上相當成熟老練。」狄老師實話實說：「我一直有追看《覺醒》的發展，結構很好，很多點子我也想不出來，不得不承認，《覺醒》的確贏了《神人》。」

「可能因為我是這個故事的原作吧。」

「我不會看錯人的，寫下去，你一定會在創作界有一番作為。」

「謝謝。」

得到畫壇神人如此高度評價，張靖感到一陣喜悅，心想，如果我的作品能登上大銀幕，或許真如狄老師所說，自己的名字將會在業界留下重要位置。

只是，想了一整晚，到此刻張靖還未知道如何抉擇。

「看你的樣子，好像有事情想不通？」

「想不到你畫畫厲害，觀察力也很強。」張靖請教：「我的確遇到一點狀況，有一家大出版社找上我，如果我答應的話，應該會投放不少資源在我的作品上……」

張靖沒把改編電影的重點說出，是因為這是別家公司的商業決定，未成事前，還是不可以隨便透露。

「但礙於道義，你不知怎面對現在的出版社？」

「嗯。」

「其實類似情況，以前也發生過在我身上。」狄老師以過來人的口吻道：「我當時的情況也很難抉擇，舊公司只有我一位暢銷漫畫家，我離開的話，公司即時失去穩定利潤。新公司那邊卻用三倍稿費邀請我加盟，除了薪水大幅增加，著作權更與我共同分享，這樣的條件，如何不令人心動？」

「那當時你怎樣抉擇？」

「你既然可以創作出比我精彩的故事，沒理由想不到我如何處理。」

狄老師沒說，張靖也沒有問。

既然狄老師曾經想出了對策，那即是有解決的方法。

張靖望著眼前這個人，傳聞他愛財，所以不會放過賺大錢的機會，到新公司發展是必然的事。

他會完全不理舊公司的死活，一走了之嗎？不會，否則此刻便不會露出一臉得意的表情。

二人就這樣靜默下來，待了好一陣時間，張靖笑了。

「想到答案了嗎？」

「嗯。」張靖笑了笑：「雖然不知道是不是你當日的方法，但我想我知道怎樣做了。」

張靖看看手機，也差不多要赴約了。

「時候不早，狄老師，今日謝謝你，你的原稿讓我大開眼界。」

「你要努力，我看好你。我等待跟你正式合作的一天。」

張靖笑了笑，揚手就走了。

當晚，張靖相約阿檸在樓上Café見面，點餐後，張靖就直接把林志旭找上他一事告訴阿檸。

阿檸不會隱藏情緒，聽了之後難免感到失望。在朋友的角度，她沒理由阻止張靖有更好發展，但站在公司立場，當然不想流失一位好作者。

「『旭日文化』是間有實力有願景的公司，對你的發展很有幫助啊！」

「其實我想了很久，也不知如何抉擇。」

「還需要想什麼，自己作品能改編成電影，是很多作者夢寐以求的事情，現在機會就在你眼前，你應該果斷一點。」阿檸淡然說：「我不能讓你白白浪費了這個機會，你沒欠我什麼，真的不要緊。」

「這的確是個機會，但在個人立場，仍想跟你合作，所以我想到了一個點子。」張靖喝了一口水，再道：「一旦答應了『旭日文化』，一年內最低限度也要完成三本作品，期間我可以用另一個筆名，繼續在你公司出版。你覺得怎樣？」

「你肯繼續跟我合作，我當然樂意，但你負荷得來嗎？」

「不行也得行，趁著還有創作力，就要把創作魂燃燒到最盡頭。」

「哈哈，忽然熱血起來，很不像你呢！」

「可能被隊友感染了。」

「那《邪惡物種》就不用給我了，你交給他們吧。」

阿檸雖然說得瀟灑，但還是透露了一點不捨。畢竟，她已對故事投放了感情。

「嗯……」雖然阿檸沒有怪責之意，但張靖還是有點內疚：「是了，我還有一件事想跟你談……」

張靖精簡地把秋吉的事情說出來，阿檸聽了之後也對他的故事感到興趣，於是就把稿子傳給阿檸，沒多久就結束飯局。

回家的路上，張靖不時回想剛才阿檸的反應，總覺得有什麼不對勁的地方。雖然自己想出來的，已是比較好的方法，但世事本來就沒有兩全其美，任何選擇必然有正有負。

阿檸與張靖的認識，本來就是建立於商業關係上，所以阿檸亦相當理解張靖的取向。換著這個機會放在阿檸面前，她很可能會作出同樣決定。為了達成理想而選擇更好的發展，都是理所當然、合情合理。

只是一旦投放了感情，很多事都不能純粹以理性角度出發。而出版這回事，很多時就不是純商業決定。

所以阿檸才會流露出納悶與可惜的情緒。

晚上時分，張靖陸續收到短訊，全都是讚賞《邪惡物種》的結局好看。就連鮮有對其他作品發表意見的夜王也傳來正評。

張靖逐個回覆，發現最後一個短訊居然是來自林志旭。

「《邪惡物種》的結局寫得很好，我真的很想跟你合作，你考慮清楚再回覆我。」

面對畫壇巨人，張靖也從容不迫，可不知怎的，每次要跟林志旭對話，總是有種緊張感。

呼了口氣，就打給林志旭。

「喂，張靖。」

「旭仔，本來我以為自己想到了一個聰明的方法跟你合作，就是把《邪惡物種》交給你，然後用另一個筆名幫阿檸寫書。」張靖頓了頓：「想深一層才知道，這方法並不尊重阿檸和你。做人應該講誠信，阿檸答案過最少會替我出三本小說，跟我協議時，我一本書也未出版，根本沒銷量保證，沒理由有點小成績就立即拋下她。」

「理解。」

「所以十分抱歉，暫時不能跟你合作。」

「我喜歡你的爽快，那我也不勉強你。我會繼續留意你的作品。」

「謝謝你。」

掛線後，張靖的心情真正得以放鬆，旭仔的條件當然吸引，但原來要背棄承諾換來機會，心理關口也不易過。

之後他傳了一個短訊給阿檸：《邪惡物種》，和之後一本作品，也要拜託你了。

沒多久，阿檸回了一句：好的，一起努力。

沒問及張靖改變主意的原因，在某程度上，阿檸已接通了張靖的心意。

第二天，阿檸找上張靖，並沒問及他何以回心轉意，而是跟他討論秋吉的事。

「我看了秋吉的故事，我想幫他出書。」

「太好了。」

「可以幫我安排跟他見面嗎？」

「沒問題。」

三日後，秋吉跟阿檸會見，順利達成出版協議。

又過了兩個月，《邪惡物種》付梓，當阿檸把樣書交到張靖手上，他看見書腰上的文案時，即起了雞皮疙瘩。

第十一話《血物語》

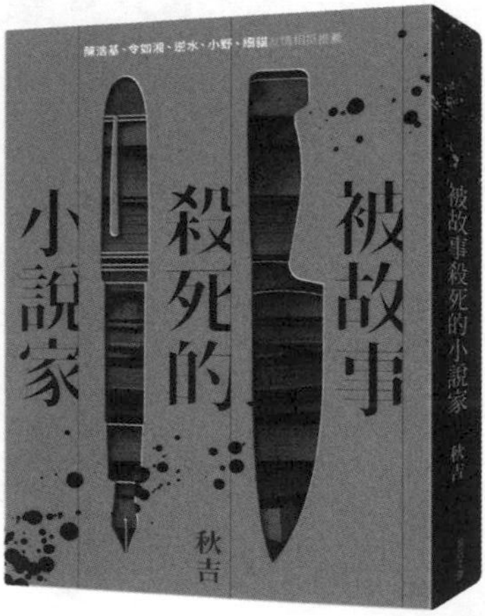
被故事殺死的小說家
秋吉
被故事殺死的小說家
秋吉

「全港 700 萬人當中，有多少個殺人罪犯？

兩個兇手偶然相遇，或然率又是多少？」

當連環殺手遇上職業殺手，兩個風格截然不同的邪惡物種，在宿命的刀鋒交錯，上演一場毫無同理心的黑色劇場。

——就用我們弄髒的血液，結束彼此的惡行！

張靖第二部長篇作品，衝擊大腦神經！

「文案起得太好了！」張靖露出天真笑容。

張靖拿著《邪惡物種》的書本看了又看，恰似一個小孩收到期待已久的禮物，愛不釋手。內心讀了好幾遍封底的簡介，然後細心欣賞封面及內頁設計，翻揭又翻揭內文，用雙手把書本夾在掌心。

「這就是實體書的溫度。」張靖一臉滿足：「阿檸，你是超厲害的編輯。」

「你滿意就好啦。」坐在辦公室的阿檸微笑說。

「雖然故事是我寫的，但書腰文案以及封底簡介，我一定沒你寫得那麼精準。」

「我只是一般水準，比我厲害的大有人在。」阿檸謙稱道：「台灣的小說，文案功力普遍都達到這種水平。」

「但在香港卻非常難求了。」

「告訴你，秋吉第一本書已編輯好了，設計也在進行，下個月就可以出版。」

「有沒有信心？」

「賣得怎樣不能預計，不過就連我這個不太愛推理的人也被吸引，看了一個通宵，就該知道他有一定的寫故事能力。」

「書名沿用《被故事殺死的小說家》？」

「對，這書名有點趣味，不用改。」阿檸皺眉：「他跟你不同，雖然同是新作者，但你未出版已在網絡上建立了名氣；秋吉從未發表過作品，我怕宣傳力度不足，浪費了這個好故事。」

「找人推薦有沒有幫助？」

「有啊，基哥已答應幫手寫推薦序。」

「如果找逆水、小野、夜王、細貓，還有令如湘推薦，你認為如何？」

「能找到他們，當然非常好啦！」阿檸帶點尷尬：「不過，其實我跟他們不太熟。」

「找作者推薦不是行內很普遍的事嗎？熟絡才可以找？」

「唔……逆水、小野和細貓我也可以問一下，夜王……似乎不太喜歡我，還是算了。至於令如湘，她名氣那麼大，你覺得她會答應嗎？」

「如果你不介意，我一併幫你問吧。」

「嗯，那麻煩你了。」

「不麻煩。」張靖舉起手中的書：「回禮。」

當晚張靖分別問了逆水、小野、細貓、令如湘等人，除了夜王以事忙為由推卻，全部都答應。

再一個月後，秋吉的新書面世；在同一個月，逆水、細貓和夜王也有新書出版。幾位作者，繼「神戰」之後，再次小聚。

到餐廳前，張靖走到書局購買逆水、細貓和秋吉的新書，當然也看看《邪惡物種》的擺位。

逆水和細貓的新書各佔一棟，每棟大概二十本，擺位亦當眼很多，顯然他倆已是有名氣的作者，書局比較有信心。

同樣是新書，秋吉的《被故事殺死的小說家》只有兩三本，被放到較難找的位置。寸金尺土，書局位置有限，當眼的位置，當然擺放最叫座或有名氣作者的作品。

《邪惡物種》出版了一個月，還能放在當眼的展銷位置，從這一點已知道，銷量應該不錯，而且走勢還未停下。

除了這幾本書，令如湘上月出版的小說依然霸佔了最中心的位置，在她旁邊，放了兩本新書，兩本都是新作者。

張靖好奇，新人也有這個禮待？拿上手一看，一本是喜喜的作品《咖啡治療師》，書腰用了真人相，拍得相當帥氣。寫著：「沖一杯咖啡，聽一段故事。

旭日文化繼令如湘後，另一催淚魔術師，堂堂登場。喜喜，從此刻在你心底。」

張靖記得，喜喜就是當日令如湘介紹過的帥哥咖啡師。

另一本書《血物語》，作者叫徐浪，同樣是新人。看文案和封面就知道，是關於血腥殺人類別，合張靖口味，所以一併入手。

理論上，新作者是不太可能爭取到這個位置，大概「旭日文化」已跟書局打通了關節。

所以，有實力的公司，如果肯投放資源，在推廣作品上就有很大效力。

張靖排隊付款，在收銀處的牆上看見更新了的暢銷書榜，《邪惡物種》登上第五位！

「Yeah！」張靖大喜。

再看第一位，是令如湘上月出版的新作。

看著暢銷書榜，張靖知道，只要是跟令如湘同時出版新書，就很大機會被她壓下去。能有一天追上她嗎？可以的，只要大家仍在同一圈子，就有這可能。

晚上，逆水、張靖、秋吉、夜王、細貓聚餐，互相為對方簽書，討論故事、討論包裝、討論書籍編輯的重要性。

「未出書之前，我根本不知道編輯的工作是什麼。」細貓傻笑：「我以為編輯只是替作者整理和校對稿件，然後跟設計溝通。沒想過那是一個超費勁的崗位。」

「對啊，我們自己寫完稿，有時候會有盲點，看不到故事不合理的地方，好的編輯會指出問題，更會幫我們潤飾文字，令語句更順暢。」逆水讚同：「雖然我對寫故事有信心，但自問文字功力不高，一寫快了，語句就會出現不通順的問題，幸好我的編輯對文字敏感，很多時加減一兩個字或把句子前後對調，令文字更順暢優美。好的編輯啊，就是文字醫生，能化腐朽為神奇，把爛文字拯救，令好的故事錦上添花！」

「有那麼誇張嗎？我之前的編輯都沒有修改過我的文字，最離譜是，成書後仍然有很多錯字。有個讀者很煩，總喜歡把錯字圈出來傳給我，足足傳了數十頁，弄得我非常尷尬！」夜王又憤怒起來：「出版社錢就會賺，其他事一點也不用心！」

「你以前的出版社也不是一文不值，起碼設計及用紙不錯，文案的起字亦很有爆炸性，拿上手會被包裝吸引。可能他們把心力都放在最容易吸引人的外觀上，內文就比較放輕吧。」細貓拿著夜王的新書，皺眉頭：「而你這本自資的新書，老實說，封面不行、用紙不行、文案更加不行，質素比上一本下跌很多啊！」

細貓的直接，叫一眾感愕然，夜王相當尷尬，但一下子又不懂反駁。

「你明明是很有叫座力的作者，整個格調一下子就急速下降。昨天我到書局找大家的新書，找了幾間也找不到你那本，後來才醒起你今次沒有找發行，所以書局沒有售賣。」細貓繼續説：「自己在網上做直銷，賣得怎樣？」

「不錯。」夜王不想回答，想盡快結束話題。

「何謂不錯？」細貓完全不懂看眉頭眼額：「有沒有一千本？」

「當然有啦！」夜王發怒了：「我上一本書上過銷量榜第三名，沒六千也有五千，怎可能連一千也沒有！」

「你自己要寄一千本書？」細貓認真想知道：「怎麼處理啊？」

「請人不就可以處理嗎？」夜王激動：「我每本書賣一百二十八元，不用給出版社，也不用給發行，所有錢落入我手，五千本就有六十四萬，一萬本就一百二十八萬，出一本書，我就賺這麼多，我還會浪費時間自己寄書嗎？」

「在網絡直銷能賣出五千本書？」細貓感到不可思議：「真的假的？如果真有這個數字，一年出四本，扣掉成本，你一年穩賺超過百萬元啊！難怪你要自資啦！」

「所以説，自資直銷是我們這些有實力作者的最好出路。」夜王稍為平伏。

張靖心想，細貓當真是一個單純又率直的大叔。

就當夜王以前真的曾經賣過八千本，像這種在網絡儲了人氣的新作者，首三部賣得好可能是虛火，除非是有讀者追隨的明星級作者，否則要持續暢銷並非易事。

曾經就有個沒甚名氣的新作者，因為題材選得好（是寫特別工種的書），不少傳媒願意報道，在見報率高的情況下，書賣出近一萬本。莫說是新作者，就算是人氣作者賣得到這數目也是異數。可是第二本的銷量急跌一半，到第四本已賣不過一千，所以夜王的作品能否持續暢銷，張靖是存疑的。

「秋吉，恭喜你正式出道！」逆水舉起手中可樂。

「恭喜。」細貓、張靖、夜王同時說。

「《被故事殺死的小說家》，書名有懸念，包裝有概念，好！第一本書有這個質素，幸運呀！」細貓把書捧在手上欣賞。

「多得張靖引薦，我才可以成為『浪花』的作者。我真的很幸運啊！」秋吉向張靖投以感激的眼神：「多謝你。」

「不用多謝，如果你的故事不行，我如何落力推介也沒有用。」

「阿檸真犀利，蚊型公司卻做出一線出版社的水準，比我們的所謂大公司質素還要好。」細貓說：「靖兒，不如你問一下阿檸有沒有興趣幫我出書？」

「你認真的？」

「嗯，我出完這一本就滿約，如果可以，也想試試跟其他公司合作。」

「你跟現在的出版社不是已合作了幾本書嗎？怎麼想轉換其他的？」逆水插話。

「我的出版社雖然有點規模，不過我發覺內部的編輯及設計已經很公式，你把稿子交給他們，他們就流水作業式的編輯、設計，你會發覺他們出版的書，就算不同作者，只要是同一題材，就用上類似的包裝，好似倒模。」細貓一手拿起張靖及秋吉的新書：「『浪花』出品就不同了，你看，多獨特、多有個性！」

「阿檸的確很有火，其實我現在也自由身，也可以跟阿檸合作啊！」逆水認同。

「喂，你好像怕蝕底，我找阿檸你又找。」

「我們是隊友嘛，大家在同一間出版社，不是很好嗎？」

「人家肯要我們再算吧。」

「我今晚就跟她說。」

當晚，張靖便致電阿檸，把二人有意過檔一事告訴她。

張靖以為阿檸需要考慮一下，怎料她竟一口答應。

「你不用考慮？」

「不用了，我不是說過要開新系列嗎？只有你跟秋吉還不夠啊。你幫我約他們見面好嗎？」

「好的。」

阿檸給張靖的感覺偏向保守和謹慎，沒想到她會如此爽快。

刻下張靖便在群組發放好消息。

張靖沒打算干涉其中，所以叫他倆自己跟阿檸約時間見面。

張靖今晚沒有寫稿的動力，洗完澡就挑一本今日有入手的小說來看。

他對《血物語》最感興趣，當他看了一回之後，就停不下來，一口氣用了五個小時看畢全書。

故事以現代為舞台，講述一位導演，拍了一齣以八十年代為背景的血腥電影——《血物語》，那個年代，香港曾一度流傳有一臂纏鐵鍊的狂魔，專門在中秋出沒進行無差別屠殺。電影中其中一幕殺人戲碼拍得相當逼真震撼，鐵鍊人魔把一人舉起，一拳又一拳打在他的頭上，把獵物的整張臉砸至凹陷，眼球也轟了出來，但仍會掙扎……由於拍得非常真實，很多觀眾也受不了這一場，製造了極大話題。電影在歐美大熱爆紅，導演隨之聲名大噪。就在電影宣布開拍續集之際，現實竟然真的出現了一個手纏鐵鏈的殺人魔，原來坊間一直流傳導演在小時候曾目擊鐵鏈人魔殺人實況，並且拍了下來的傳聞是真實的。電影中那一幕，是真的殺人戲碼，更想不到經過三十多年沉睡，鐵鏈人魔再現，並找上導演來了。

看完小說，張靖感到一陣若有所失，明明沒有任何文學藝術成分，純粹賣弄血腥的美國B-MOVIE套路劇場，卻令人欲罷不能，兼捨不得看到結局。

他很想知道作者徐浪到底是誰，何以一個寂寂無名的人，可以寫出如此引人入勝的故事？他便傳了個短訊給令如湘。

第二天令如湘的回覆是：「《血物語》如此好看嗎？」

「相當不錯，娛樂性十分豐富，節奏明快，張力十足，似個老手，很會說故事。」

「有那麼厲害嗎？」

「厲害！你真的不認識他？」

「認不認識又如何？你很想見他嗎？」

「我對他的身份很感興趣。」

「你早晚會知道。」

「真的？」

「嗯。你的《邪惡物種》好像賣得不錯，恭喜你。」

「跟你的新作相比，還有一段距離。」

「很難跟我比的，我是香港流行小說的天花板，哈哈哈。」

「你是天花板作者，我也是地鳴級新人啊。」

「哈哈。對了，《極道貓奴》何時連載？我想看啊。」

「這次不會連載，直接出版。」

「為什麼啊？」

「網絡的確幫助了我起步，但長遠我並不太想依賴它。」

「也是的，你現在已有名氣，就算不在網上連載，新書應該也有一定的銷量。我等你的新作。」

「嗯。」

五個月後，文壇掀起了一點小浪花。

首先，細貓及逆水正式在「浪花」推出作品。同一個月，張靖的《極道貓奴》面世，出版第二周，狄老師找上張靖。

「張靖，我看了《極道貓奴》，很喜歡。」

接下來的一句話，將為張靖的出版生涯，奠下重要基石。

「——我想你授權給我改編漫畫版。」

第十二話
《極道貓奴》

Meow Daddy
K·Chung

狄老師向張靖提出洽購《極道貓奴》的漫畫版改作權，張靖想了一天後就答應。之後狄老師便說過幾天給他授權合約，沒問題就可以約個時間見面簽約。

《極道貓奴》出版還未夠兩星期，仍未知實際銷量如何，狄老師已向他洽購版權，那就表示，《極道貓奴》的故事有相當吸引力。

狄老師的洽購已夠驚喜，想不到更驚喜的還在後頭。

就在張靖答應狄老師同一天，張靖收到林志旭來電，對方希望可以盡快會面。

於是，第二天張靖便再一次走到林志旭的辦公室。

林志旭劈頭第一句：「我要把《極道貓奴》改編成電影。」

「喔？」張靖微感一愕，然後淡然問：「但這本書不是由『旭日文化』出版，沒問題嗎？」

「這個本來的確是個問題，但我想應該可以解決。」

「怎麼解決？」

「由電影開拍到上映，最快也要一年多，到時候可以交給我們重新包裝一個電影書衣版。」

「那即是要把《極道貓奴》由『浪花』轉到『旭日』？」張靖皺一皺眉。

「是聯合出版，這是我的最大底線。」旭仔正色道：「我知道此刻你不會答應我，你可以把這件事告訴阿檸，看看她的意見，如果她沒問題，我希望你不會再拒絕我。」

「你真有那麼喜歡《極道貓奴》？」

「不喜歡的話為什麼要投資開拍？說實話，《極道貓奴》比《邪惡物種》更商業，更值得改編。這個故事有溫情、有動作，更重要是主角非常討好，我敢說，就算是寂寂無名的演員，演了這一角都會紅起來。」

「謝謝。」

此時，旭仔放在枱上的手機因收到新訊息而亮起來，屏幕的照片是一個嬰兒跟一隻黑白貓抱著睡。

瞄到這照片，張靖迅即明白了，原來旭仔也是個貓奴。

「你很會說故事，將來一定會在創作界佔一位置，如果你願意成為我公司旗下作者，我可以保證，你可以跟令如湘分庭抗禮。」

「嗯，我會好好跟阿檸談談。」

張靖說完正想離開，忽然想起什麼。

「旭仔……」

「什麼事？」

「《血物語》作者是不是女生？」

旭仔愣了一秒，然後微笑點頭。

離開旭仔的辦公室後，旭仔隨即走到阿檸的工作室，把剛剛的事告訴她。

「你要答應他。」阿檸平靜地說。

「《極道貓奴》本來由你出版，之後轉到『旭日文化』，你不在意？」

「你已放棄了一次機會，這次再錯失，他可能不會再找你，我想你好好把握這次機會。」

阿檸分析道：「其實你當日告訴我拒絕了『旭日文化』，我已經覺得你很傻，你沒欠我什麼，根本就不應該為了我而放棄機會，你這樣做，反而給我添上壓力，所以我早就決定，跟你出版第三本書之後，就暫時不再和你合作。」

「我明白你為我著想。」

「我為你，也是為自己。我不想你有日會後悔，然後埋怨我。」阿檸一直維持淡然：「告訴你一件事，在你跟我說要繼續留在『浪花』後第二天，我找上林志旭，我跟他說，只會跟你出三本書，之後不會合作，所以希望他保留改編《邪惡物種》的機會，他爽快答應，只是想不到《極道貓奴》更吸引他。」

張靖大概明白，阿檸當日何以如此爽快答應幫細貓及逆水出書。

「先有秋吉，現在還有細貓及逆水，他們的新書都賣得不錯。」阿檸笑說：「而且慕容公主也跟我簽約了，我即將就要幫她們出新書。」

「寫BL的慕容公主？她們不是一直也在台灣出版嗎？」

「對啊，我也只是嘗試一問，想不到她們原來一直也想在香港出版，只是沒有人找上。」

阿檸輕輕說著：「新系列的陣容如此強大，所以你不用擔心，之後你罵你的，我罵我的。」

阿檸語調雖然輕柔，卻是十分強硬，張靖知道，這次真的要跟她分道揚鑣了。

「謝謝你。我們一定會再次合作。」

「一定會。」

很多時候，人們會在不同階段遇上不同的朋友，有一些可能是過客，有一些可能陪你走更遠的路，進進出出，留下印記，組成獨一無二的人生故事。

能在某一個時間點上同途偶遇，全因緣分。

要說的都說完，張靖正想離開，手機響起，是夜王的來電。

「夜王打給我，我先接電話。」張靖跟阿檸說完，接聽：「喂，夜王。」

「張靖，現在有空嗎？」夜王有點急。

「可以的。」張靖望著阿檸指指手機，示意要聽一會電話：「什麼事呢？」

「我想跟你談談『轉會』的事。」

「轉會？」張靖不解。

「你方便幫我約阿檸見面嗎？我可以過去她那邊出書。」

「什麼？」張靖望著對面的阿檸，刻意放大聲音：「你說，你可以去阿檸那邊出書？」

阿檸張大了口。

「對啊，有我這個暢銷作者加盟，一定可以令她的公司聲望更高。」

「也是的……但你不是不喜歡跟出版社合作嗎？為什麼又改變主意？」

「我留意了『浪花』一陣子，阿檸做書的確不錯，既然你和逆水他們也在那邊出書，而我們又是隊友，那就一起在同一出版社吧。」

「但我不知道阿檸想不想幫你出書。」

「怎會不想？她應該知道我是暢銷作者吧？」

「那你有什麼要求？」

「版稅為零售價 15%，出版權三年，約滿後可以再談。」

「15%？我首 2,000 本只收 8% 啊！」

「張靖，我不是看輕你，也不是囂張，事實上我一本書可五度再版，銷量過萬，是必賺的當紅作家，其實我大可以收 20%。」

「明白，我跟阿檸説完再跟你聯絡。」

「嗯，不過別耽誤太久，因為如果她不答應，我就跟另一家談了。」

「好的。」

掛線後，張靖便把剛才的對話告訴阿檸。

阿檸聽完有點怒氣。

「怎會有人敲門還這麼高姿態。」

「你該不會跟他合作吧？」

阿檸想了想：「也不一定，如果他老實回答我的問題。」

「什麼問題？」

「他自資這兩本作品的實際銷路。」

「他一定會報大數。」

「他騙不過我。」

「你知道他的銷量？」

「大概可以猜出來。」阿檸清清喉嚨：「一般自資的作者第一版都不會超過兩千本。」

「但以他的往績，大可印三至五千。」

「五千成本高，最大問題他沒有發行，印了五千本書便要租倉存放，我看他是個會計算的人，剛開始不會花錢租存倉，所以我估計他第一版只印二千，而且沒有賣光，否則已再版了。」

「你估計他賣了多少？」

「我想一千到一千五百左右吧。」

「只一千嗎？比起他第一本真的相差很多。」

「我覺得除了書數大不如前，更重要的原因是寄書出貨的問題。試想想，如果賣出一千五百本書，分十日出貨，每一日都是處理百多本，出單包裝全部要一個人處理，出錯了又要補寄，看似簡單，實際是很花時間的事情。作者一向有出版社照顧，一旦要處理其他雜務，又怎能忍受？說實話，我如果是作者，也寧願專心寫書好了。」

「如果這本只有一千至千五，下本隨時跌破一千，難怪他想再次找出版社。你會拒絕他嗎？」

阿檸想了想：「不會，只要他對我老實，我可以考慮跟他合作。」

「想不到呢。我以為你不太喜歡他。」

「是沒太多好感，但不至於不能合作。」阿檸理智地說：「給我他的電話號碼。」

張靖說出號碼的同時，阿檸拿出手機打出電話。

「喂，夜王嗎？我是『浪花』的阿檸。」

「你好你好。」一夜王大概想不到阿檸會直接打給他。

「聽張靖說，你想在我公司出版新書？對不對？」

「……對。」

「合作講求互信，那請你先老實回答我的問題。」

「好的。」

「你自資兩本書的實銷多少本？」

「書數是秘密啊，怎能隨便透露？」

「那算了，我不能跟你合作。」

「等等……」

「我不是為難你，只是如果你想在我這邊出書，我也需要知道你現時實際銷量。」阿檸有節有理：「不過你不方便說也沒關係。」

電話另一端停頓了一會。

「上一本一千八百，今次一千二百。」

「知道，你可以先給我下本書的稿，我看後再回覆你。」阿檸平和地說：「不過事先聲明，為了公平，我不能給你15%。」

「那你能給我多少？」

「首二千本8%，二千零一本至五千本10%，五千零一本以上12%。」

電話另一端又沉默了一會。

「首二千本10%行不行？我的書不會令你賠本的。」

「如果是穩賺，為什麼你自己不繼續自資？」

又是一陣沉默。

「那我再想想。」

對話結束，阿檸的表現簡直令張靖喜出望外。

記得一年前的飯局，阿檸被夜王氣得一肚火，最終要令如湘替她出頭。士別三日，這段日子不只自己成長了，有了經歷，阿檸亦慢慢強悍起來。

跟夜王的對話結束後，張靖亦告離開。

第二天，張靖回覆旭仔，答應簽約為旗下作者。

亦告訴他狄老師購入《極道貓奴》版權，改編漫畫一事。

旭仔得知，認為可以一起合作宣傳。

「張靖，接下來你將會應付愈來愈多宣傳，我建議跟你另簽一分經理人合約，由公司為你洽談事情，讓你可以專心創作。」旭仔條理分明地說：「簡單點說，我會把你視之為小說藝人。」

「好。」

張靖爽快答應，全因他知道令如湘也是「旭日文化」的經理人合約作者。

跟張靖簽了經理人合約後，旭仔透過他約見狄老師，會談不足一小時，便達成協議。

一個月後，「旭日文化」舉行記者發布會，宣布即將開拍《極道貓奴》電影版，同時亦由狄老師公布，漫畫版同步進行。

電影版、漫畫版安排在同一天發布，張靖的名字，在這一天爆紅了。

發布會之後，張靖收到很多恭喜的短訊，當中包括久沒聯絡的Mr. RUN。

「張靖，恭喜你的作品漫畫化、影視化。我們很久不見了，有空吃個飯嗎？」

「謝謝。吃飯沒問題，你哪天有空？」

「隨時也可以。」

「那我問一下逆水他們再回覆你。」

「好的。」

三天後，張靖約好了逆水、細貓、秋吉及 Mr. RUN。

除了 Mr. RUN，在座都是阿檸的作者，幾個人明顯比之前混得更熟，只有 Mr. RUN 有點像局外人，跟整個氣氛好像格格不入似的。

直至飯局尾聲，Mr. RUN 先行離席。

眾人也覺得他怪怪的。

「他搞什麼？明明是他約的飯局，又沒有說話。」細貓不解地問。

「我也不知道他什麼要約飯局呢？」

「你有沒有想過，其實他只想約你一個？」秋吉跟張靖說。

「約我一個？但我跟他不是太熟。」

「我想他應該是有目的，張靖哥你的作品如此成功，他當然也想跟你一樣可以將自己的作品影視化啦！」

「明白了。」張靖恍然大悟：「他的目的其實是旭仔。」

「對啊，所以他應該會再找你。」

「對了，這次飯局有找夜仔嗎？」細貓突然記起夜王。

「我有問過他，他說沒空。」

「最近他好像很沉寂。」

「他昨晚在 IG 預告了今晚會有震撼影片。」

「現在去看看。」

逆水邊說邊拿出手機，放在桌上，按入夜王的 IG，看見有段最新影片，按入一看，大家都驚呆住。

「他搞什麼……不是說好不可以把這段片放出來的嗎？」逆水焦急地大叫。

「完了，我屎屎的樣子都給看光了。」細貓呆住。

「你撒尿還好，我拉屎呀！」逆水暴吼：「夜王想死了！」

逆水真的抓狂了，暴怒地打出電話，張靖本想叫他冷靜，卻也阻止不了。

「喂！夜王，我們不是立了契約要把片子保密嗎？為什麼要出賣我們？」

「我覺得這段片很有價值，只我們幾個看到太浪費了，況且我在大家的樣子落了效果，又沒開名，應該不會知道是誰。」

「你吃屎吧！這算什麼效果？事已至此，刪片已沒有用，我只想告訴你，破壞契約不會有好結果！你會失去寫作的能力！」

他如此憤怒罵人，卻仍保持中二本色，張靖很想笑，卻忍住了。只因掛線後的逆水仍然怒氣沖沖。

「別動氣了。」張靖試圖安慰：「下星期就沒有人會記得。」

「拉屎的人是我不是你，你不會知道我現在的感受！」逆水吼道：「我知，他現在人氣滑落，想借助這段片挽回人氣，但我肯定將來他失去更多！」

「不用等將來，現在他已經失去一班朋友，和一個出版機會。」

「什麼出版機會？」

當下張靖便把夜王敲門阿檸一事告之。

「笨！夜王比豬還要笨十倍！難得阿檸跟他談，他卻自己放棄了一個翻身的大好機會！」

逆水怒氣未消：「著眼於這種小利，怎能成大事？」

「所以你不用動氣，他已得到懲罰。」

「對啊，不要因為這種人破壞了今晚的飯局，我們乾杯，恭喜靖仔成為創作之王！」

「什麼創作之王？好老土啊！」

「總之我們幾個友誼永固！」

「又創作之王又友誼永固，今晚八十年代之夜嗎？」

「開心就好啦！」

細貓雖然老土，但起碼這種人不會出賣他人。跟他相處，其實蠻舒服。

「說說其他話題，其實我一直想知道，對於寫作，大家最終想達到什麼目標？」張靖。

「這個話題開得好！」細貓拍了一下大腿。

「我發覺最近張靖說什麼，你都讚好。」逆水揶揄他。

「對啊，我是對人不對事的。」細貓笑起來：「我先說，我希望有一天，有自己的出版社，出版自己的書就夠維持生活，成為全職作家。」

「在香港寫作，沒持續的叫座力，肯定連最低工資也達不到。能成為全職作家，是一件很難也很幸福的事。」

「但你已做到了。」細貓把羨慕的目光望向逆水。

「我幸運，不需要租房子，也沒太大負擔，可以做自己喜歡的事。」

「那你的目標是什麼？」

「我希望自己的作品可以殺入日本，漫畫化，然後動畫化！」

「你這個目標，會否太遙不可及呢？」

「目標不該要遠大一點才有實踐的價值嗎？」逆水一貫中二地說：「秋吉，你的目標呢？」

「我沒什麼目標啊，可以出版實體書已很開心。」

「你不會只想出版一本就算吧？」

「如果可以，當然想一直出版下去。」

「那你的目標就是要當一個暢銷作家，因為你的書賣不好，就不能一直出版下去了。」

「好，那我就定下這個目標吧。」

「張靖呢？」

「我希望可以成為一個有感染力的創作人，寫出現像級作品。」

「有感染力的創作人……」逆水想了想，問道：「你的意思，是想寫出名流千古的作品？」

「又未到名流千古那麼誇張。每一個時代都有屬於那個時代的創作人，可能是歌曲、可能是電影、可能是小說、可能是一次舞台表演，他們的作品在當代製造出熱潮，有一定的影響力，代表了那一個年代。多年以後，有人問起20世紀有過哪些好作品，如果有人說得出我寫的故事，那就很足夠了。」

「就像《無間道》，二十年之後回想起來仍然覺是好作品，還記得梁朝偉是陳永仁！」

「對，經得起時間考驗，那就是經典。」張靖點頭：「更重要是，好作品可以對其他人造成正面的影響，這些影響未必可以看得見，但它一定會在某個地方某個時空影響到某一些人。」

「好像《足球小將》對日本球員的影響！」細貓接上去。

「對！」張靖拍拍手。

「不過香港小說作品中，除了金庸、古龍、倪匡、黃易，好像已很久沒出現一個真正的經典。」秋吉說。

「很久沒出現，並不代表不會再出現！」細貓突然情緒高昂：「只要不停寫，一直寫，我們都有機會是下一個金庸，雖然我不是寫武俠的啦！」

「沒錯，我喜歡寫小說，不寫就不安樂，我們要把寫作的意志化成魚一樣，不停寫不停想，一停下來，就是死，即是寫作生涯結束；所以我們非寫不可，直至寫出驚天動地、連日本也要向我跪求授權的超級話題作出來！」逆水撂下豪言。

「沒錯！我跟逆水一樣，每天都懷著超想寫小說的心情敲鍵盤，能當上小說作家，實在感到很幸福，此刻的我，對寫作的確很有熱情，還未完成這一本，下一本的題材已在腦海出現，甚至乎一張照片、一處風景，以及烙印在腦裡的漫畫與電影畫面，都成為我的創作素材，自行組織下一部故事題材。」

「張靖，想不到你出道不久已經開竅，進入了創作的高峰期，只要你能維持住這狀態，就能一直寫出驚艷的作品。」

「嗯，要令作品維持驚艷感，才能一直超越自己。」

「認同，當失去驚艷，好像夜仔不斷重複套路，作品就會沒了光彩。」細貓加把嘴：「說白一點，就是技窮。」

「嘖嘖嘖，你這番話等同判了一個作家死刑！」

「夜仔如不是技窮，又何須出賣隊友呢？」細貓不屑：「他已走歪了路，如果他不懂反省，沒尋回寫作的初心，注定要在文壇消失。」

「好，那我們一定要保持初心，創造出屬於我們這個時代的現象級作品！」張靖熱血上升。

「好啊！我看好你，你一定可以！」

「是我們啊。」

「沒錯，我們一定可以！」眾人同聲説。

飯局完結後，張靖忍不住傳了一個短訊給夜王。

「夜王，這個Post可以帶給你千多個心心，代價卻很大。你真的做錯了。」

夜王已讀不回，不想承認過失，這結果難道他沒有料到嗎？他只是著重自己的人氣多於這班人的友誼。

這段片的確為他帶來一陣人氣，甚至因此上了一些靈異節目網台，夜王更把握住這機會，將當日的靈異事件寫成文章，分幾天連載。

可不足兩星期，話題已過。夜王的人氣又再回復舊狀。他終於妥協，找上阿檸，答應她的條件。可是以阿檸跟張靖的關係，又怎會不知道那件事。

阿檸直接拒絕，夜王自己也想不到，一個決定，竟令他的作者生涯跌落谷底。

連番受挫，人氣下滑，大大影響了夜王的寫作信心，令他的文字及故事，失去了靈氣及光彩。

夜王的失勢是難以挽救的了。

一個作者退場，另一個作者卻如日中天，光芒四射。

距離發布會三個月後，《極道貓奴》漫畫版面世，付印一萬五千，好評不絕，兩星期後沽清。

小說更已再版至第五版，登上當月暢銷書榜第三位。

站在暢銷書榜前面，第一位仍然是令如湘作品，張靖心想：我很快就會趕上你了。

第十三話

「陳天朗」與「晴晴」

急行夜車
小野
急行夜車
小野

《極道貓奴》進入了籌拍後期，演員已定檔。這一天旭仔約了張靖跟導演等人見面。

「旭日娛樂」會議室內，旭仔、導演、編劇、男主角和張靖都到齊。

「為大家介紹一下，這位是《極道貓奴》的原作者張靖。」旭仔視點從張靖身上移向他對面的金髮男：「這位陳天朗，上月剛剛拿了最佳新晉導演獎，很厲害的。」

陳天朗對張靖一笑：「張靖你好。」

「導演你好。」

「叫我阿朗可以了。」看來不足三十的阿朗拍拍身邊少女：「她是編劇晴晴。」

比阿朗更年輕的少女向張靖靦腆點頭。

「男主角游柏安。」旭仔望向游柏安身旁的美少年：「他是第二男主角鄭喜喜，聽說你們見過面。」

喜喜向張靖報以一笑。

「對啊，我們在 Café 見過了。」張靖回以一笑：「想不到我們會合作起來。」

「張靖，劇本你看完了沒有？」旭仔問。

「看完了。」

「覺得怎樣？」

晴晴托了托眼鏡，緊張地望著張靖。

「我覺得改得不錯。小說始終是文字創作，著重於人物心態、角色描述。晴晴的劇本加強了節奏及張力，卻又保留了人物性格及故事中心思想，是個沒有破壞到原著的劇本。」

「謝謝。」晴晴含蓄一笑。

「嗯，在創作初期，我就跟晴晴達成了一個共識，可以加動作、可以更改情節，但不能改變原著的命題。」阿朗說：「《極道貓奴》本身已夠戲劇，加上人物很鮮明，故事結構非常扎實，文戲改編不會太難，所以這次我們想在動作處理上花多點心思。」

阿朗從背包取出一本Ａ４大小的簿子，遞給張靖。

「這是動作場面的分鏡本，只有小部分，你可以看看，再給我們意見。」

張靖接過分鏡本，揭開第一頁，畫面極具靈氣，很有電影感。

再看下去，張靖瞳孔放大，一股電流湧進體內，令他全身起雞皮疙瘩。

分鏡本公仔的線條，是那麼熟悉。

張靖絕不會認錯，那是——小古的手筆。

千迴百轉，兜兜轉轉，張靖跟小古終於合作了。

張靖內心的情緒很是激動，雙手用力抓住簿子，激動得浮現在表情上，雙眼泛起了淚光。

「張靖，分鏡真的如此犀利嗎？給我看看。」旭仔好奇。

「犀利，真得很犀利。」張靖把分鏡本交給旭仔。

旭仔看了一會，點了幾下頭。

「是很不錯……但我看你快要哭出來似的，是不是你看到了我看不到的東西？」

張靖笑而不語，因為他不知道小古想不想透露二人關係，所以沒説出來。

「阿朗，你找到了一個很好的分鏡師。」

「我上一部電影他就有份參與分鏡，電影有很多畫面是他引導我的。」阿朗認同：「當時有三個畫師一同參與，小古是最好的一個，所以這次一定要找他幫手。」

「實在太好了，小古的能力終於也被賞識。」張靖心裡默念：小古，你會找到屬於自己的創作道路。

「下次在片場，我介紹你倆認識。」

「嗯，電影就交給你們了。」

「原作滿意，我這個投資者就放心了。」旭仔對眾人說：「拜托大家拍一齣好電影，下月辛苦各位了。」

「我也差不多要去跟製片睇景，我們各自努力啦。」

眾人散去，旭仔把張靖留下。

「你現在忙什麼？」

「主要寫故事，也接了一些設計的工作。」

「你不要再做設計了，專心寫作吧。」

「但出書的版稅不夠我維持生計。」

「你一個月的開支大概多少？」

「家用、生活費用、保險，大概萬五。」

「我一直在忙，居然忘了給你《極道貓奴》的改編合約。」旭仔在櫃桶取出一份合約：「細節條款你拿回家再細看，先看看版權費有沒有問題。」

「三十萬……」

張靖對版權費其實沒什麼概念。他的小說定價 $118，以首二千本 8%、二千本之後加至 12%，四千本以上 15%，五千本收到的版稅大約有六萬五千元；而香港是沒有「公共借閱權」

這回事，放在公共圖書館供公眾借閱的書，並不像其他國家，會因為借閱率而有補償金。所以寫一本書的收入，如果沒賣出海外版權或參加什麼創作比賽得到獎金，就是大約如此。三十萬這數目，比賣書的報酬一下子提升很多，對只有二十來歲、出道不久的他來説，其實是一個很吸引的數目。

「覺得少嗎？」

「不會，只是有點意想不到。」

「那你滿意嗎？」

「當然滿意。」

「以我所知，其他公司付給原著的版權費是15至20萬，通常都會分三期付款，簽訂合約付第一期，電影開鏡付第二期，上映時付第三期。我一次過付你三期，那你短期內就可以專心寫作。」

「謝謝。」

旭仔爽快，張靖也不浪費他的時間，在現場看了兩遍合約便跟旭仔簽了。

旭仔亦隨即叫秘書替他開一張支票。十分鐘後，張靖手上便多了一張三十萬的支票。人生第一個因為寫書而得到的豐厚回報。

有了這筆金錢，打後的一年，張靖都可以集中寫書了。

「別這樣就滿足，我期待有一天，我可以給你一百萬版權費。」

「一百萬？」

聽到一百萬這數目，連一向冷靜的張靖也為之動容。他不是一個唯利是圖的人，起初寫書也不是為了賺錢，故他根本沒想過可以靠寫作觸及這個遙不可及的數目。

「只要有一天，改編你的書會成為票房保證，一百萬只是個起步的數字。」

「嗯，那我要努力了。」

「你有寫故事的潛能，別浪費天賦，給我寫個震撼日本的超級偉大作品出來吧！」

「為什麼要震撼日本，而不是其他地方？」

「沒什麼，就是覺得震撼日本很酷！」

張靖沒想過，就連旭仔這種人物居然也很中二。

原來就算職位有多大、地位有多高，所有男人內心都藏著長不大的一面。

「你覺得喜喜怎樣？」旭仔變回生意人原狀。

「很帥氣。」

「你喜歡他嗎？」

「吓……」

「我是問你，同為男生，你喜不喜歡他，會不會對他生出討厭的感覺？」

「不討厭啊，但又不至於喜歡，我跟他只見過兩次面，不算熟絡，不過他給予我的感覺很舒服，應該有點親和力。」

「對，他很有親和力，我覺得他很有觀眾緣，會紅起來的。」旭仔續說：「因此我想你為他設計一個角色。」

「《極道貓奴》是他的熱身作，下部電影我想他當男一。什麼題材也好，設計一個討好的角色給他。還有，下部電影我希望你可以參與編劇。下月電影開拍，有空就去拍攝現場看看，預早了解一下現場環境。」

「唔，好的。旭仔，我想問你一個問題。」

「請說。」

「為什麼你會如此支持小說創作？」

「需要理由的嗎？」

「不需要的嗎？」

「需要嗎？」

「不需要嗎？」

「其實是需要的。」旭仔哈哈笑了兩聲，嘗試解釋他心目中的想法：「說到底，我支持小說創作，更大程度是為了電影業。電影創作就算是多小的製作也好，都有一定的限制或妥協；有限制，那個創作就不是百分百原作者心目中的版本。雖然電影的主創是編劇與導演，但落實拍攝時要涉及很多人與部門，嚴格來說，是團體創作。小說就不同了，它是屬於作者的個人創作，是純粹單打獨鬥、孤身作戰下的產物，無須因為傾橋、撞橋而改變橋段，更加不用遷就實際成本而改動劇情，不需要在創作時把『市場』這二字太過放在心上。這種作品通常最有靈氣、有最多驚喜點子，這種任意妄為的創作，一定最好看的。其實80年代港產片的創作比較偏向這樣子：放任自由、沒有限制。」

「你想重製80年代的黃金創作盛世？」

「不是啦，我只想略盡綿力，讓有實力的創作人得到更多生存空間，為香港製造多一點好作品。」旭仔說起電影很認真：「香港電影曾經是亞洲第一的，現在被韓國、日本、泰國追過了頭，不加把勁，我們香港電影以後就再沒位置了！」

這番話讓張靖知道，旭仔是個真心愛電影、想為香港創作出一分力有心人。能遇上旭仔，是難得的機會，你永遠不會知道，機會何時會溜走，所以張靖現在就要好好把握，創作更多好的故事，令旭仔的投資不用賠本，這個遊戲才能一直繼續下去。

「我不會讓你失望。」張靖許諾：「我們的創作不但能撼動日本，還能重奪亞洲第一。」

「有志氣，說過就是了。」

「那我走了。」

旭仔站起，正想送張靖出門，秘書剛好走進來，手上拿著幾本《血物語》第二集。

「《血物語》第二部！」張靖瞪眼。

「這就是不經計算的好作品了！」旭仔把一本遞給張靖：「送給你。」

「謝謝。第一集賣得好嗎？」

「起初反應一般，想不到後勁不錯。賣了幾個月，第一版差不多斷貨了。」

「作者很會說故事呢。」張靖饒有深意。

旭仔但笑不語。

離開旭仔的辦公室，張靖隨即傳 WhatsApp 給小古。

張靖：小古，導演給我看了你的分鏡。看得出你很有心繪畫，謝謝你！

不一會，小古就有回覆。

小古：你看到了！哈哈，我一直忍住不說，就是想你在沒有心理準備下看到這份驚喜。

張靖：的確很驚喜。你的畫功又進步了。

小古：你走得那麼快，我不進步不行呢。

張靖：哪有。

小古：你知道嘛，當導演跟我說，下一部電影是改編《極道貓奴》，我差點哭出來。我還怕導演找其他人畫分鏡，立即跟他說這次項目無論如何也要留給我。

張靖：導演怎樣回應你？

小古：他說早就選定我，還希望我預留時間，想我跟場拍攝。

張靖：那我們到時候在片場見吧。

小古：你也會落場？

張靖：對啊。

小古：太好了。

張靖刻下的亢奮心情，非筆墨所能形容，不但賺到人生第一個三十萬，更能跟好友在創作路上初次合作，雖然這次不算直接合作，兩人也不會有太多互動，但總算走出了第一步，張靖已感到很幸福幸運了。

當晚張靖急不及待拜讀《血物語》第二部，跟第一集一樣，一讀就如上癮，欲罷不能，一口氣就把小說讀完。

——然後，那種刺激的心情久久未能平伏。

這個名叫徐浪的傢伙，從沒有在任何媒體、討論區露面，摺頁的作者簡介沒有照片，連簡單的介紹也沒有，只能說：她是一個天才小說家。

張靖看了兩期《血物語》之後，幾乎斷定文字背後那一個人，充滿自信與傲氣。

每次看完好的電影及小說，都會大大增強創作意欲，張靖的創作魂被激起，打開電腦就開始寫下一本新作大綱，這次是關於幫會題材《最強黑道女兒》，跟《極道貓奴》同一世界觀，卻是另一個完全獨立的故事。

聽過旭仔的想法後，他決定讓《極道貓奴》的第二男主角崔宇在《最強黑道女兒》登場，並安排成為男主角，如果他日拍成電影，喜喜就可擔正。

張靖寫作有個習慣，喜歡用筆在平板寫寫畫畫，雖然打字比較方便，但手寫字的溫度始終無法可以取代，故此寫給自己看的大綱與點子，就可以不需要修辭，也不需按文理隨意寫。用了大概兩小時，就把《最強黑道女兒》的大方向寫好。

看看手機，原來差不多早上八時。

手機有一個來自阿檸的未看訊息，訊息是張照片，打開一看，那是一封讀者信。

信封後面的回郵地址是：赤柱監獄。

一封來自赤柱監獄的讀者信，立時引起張靖的好奇。本來阿檸要在下次見面時給他，但張靖卻忍不住叫她把信拆掉，拍給他看。

不一會，阿檸便拆了那封信，把內容傳給他看。

那封信共三頁紙，每頁的文字都填得密密麻麻。

綽號小鬼的讀者，今年二十六歲，因為無心向學，中二就輟學，十五開始在江湖打混，兩年前因為跟朋友行劫而被判入獄四年。那個時候，他覺得自己人生暗淡無光，也對前路不抱任何希望，直至三個月前在監獄裡面看到《極道貓奴》一書深感興趣。那是他第一次看小說，連他自己也沒想竟然可以用幾天時間把整本小說看完，並深深被故事情節打動。受《極道貓奴》影響，小鬼突然很想寫嘗試寫故事，於是他構想了一個故事，一有時間就寫，放風時、晚上回倉後趁懲教人員走開……都在寫，開始當然很難入手，但當寫了好幾回之後就順暢了，現在他每一天都在寫，儲了幾回，待姐姐探監，就把手稿給她，讓她在外面幫他轉成文字檔案，在討論區上載。他的故事叫《失控都市》，希望張靖看完可以給他一點意見，還有謝謝他的故事讓他愛上寫作，找到人生的新目標。

看完這封信，張靖有點感動，自己寫的故事，原來真的可以對其他人有正面影響。

這是看得見的，未能看見的或許更多；或許在地球的另一邊，某人也會因為自己的故事而得到什麼啟發，作出一些改變。

就因為這個看不見的信念，張靖對自己承諾，一定要繼續創作故事，直至把元氣耗盡為止。

一個月後，《極道貓奴》正式開鏡，張靖在拍攝第五日才第一次到現場。

一來剛開鏡，現場氣氛定會比較緊張，他不想打擾別人工作。另一原因是今天開始拍攝動作戲，小古會在場。

今日的拍攝現場，是位於西貢的「成豐片場」，為了拍攝一場重頭動作戲碼，拍攝團隊在片場搭建了工廠大廈的場景。

故事講及主角寧少因為追查走私貓的黑幫集團，來到對方的工廈基地，雙方就在這裡展開一場大戰。

張靖看見室內的片場分別布置了幾個主場景，其中一間是動物火化場。小說裡描述過的巨大焚化爐、鐵籠、枱凳，以及環境氣氛布局，還原度都相當之高。

在火化場內，各工作人員都在工作，有的擺放攝影機位，有的在調整燈光，還有收音、電工、場務、劇照師、美術指導、服裝設計、副導演、動作演員等等，目測現場接近一百人。

而在火化場的外面，有張能拉動的大木枱，上面擺放了兩個電視屏幕，旁邊有幾部對講機，一個寫著導演二字的保溫杯，還有一份劇本以及零食。

這個俗稱「MON 壇」的地方，就是整個劇組的心臟地帶。

導演及編劇大部分時間都是坐在「MON 壇」看著屏幕工作，有需要時導演才會走到拍攝位置作指導。

趁還未開始拍攝，張靖走到「MON 壇」跟導演、編劇打個招呼。

「導演你好。」張靖走到導演身後。

站在 MON 壇前的阿朗回頭，見張靖來了，點頭微笑。

「拍攝一齣電影真的很大工程。」張靖欣賞著眼下場景。

「嗯嗯，尤其動作戲，事前有超多準備功夫。」阿朗氣定神閒：「待會你就可以見識到了。」

此時一名身形健碩、個子不高、皮膚白皙的中年男子走過來。他身旁，還有個熟悉的身影。

張靖跟他目光接上，相視而笑。

張靖與小古，終於又在創作路上相遇了。

「導演。」中年男笑著站在阿朗面前。

「藤原，我來跟你介紹，他是《極道貓奴》的原作張靖。」阿朗望向中年男：「這位是我們的動作導演藤原健次。」

藤原向張靖點頭，竟帶點靦腆：「張靖你好。」

「藤原的中文説得很好呢！」張靖錯愕。

「我在香港電影打混很多年了，哈哈。」藤原摸摸後腦勺，笑得有點孩子氣。

「這位是小古。」阿朗望向小古：「是我們的分鏡師。」

「我們早已認識了。」小古淡然。

「真的嗎？」阿朗一愕。

「真的啊，我們曾想過合作漫畫。」

「有出版嗎？」

「算是出版了，但並非我倆合作推出。」

張靖當然沒把狄老師那件事説出來。

「不用可惜，你們以後將會有很多機會合作。」

張靖與小古點頭。

「導演，我已把片剪好了，你看看。」藤原把手中的平板電腦拿到阿朗面前。

「張靖、小古，一起看。」

藤原播放影片，只見屏幕裡一個動作演員一夫當關，獨力迎戰十數大漢，把對手全數打倒，然後繼續向前行。

影片大概只有兩分鐘，場面簡陋，但張靖認得出，這段戲的分鏡，當日阿朗在辦公室給他看過。

原來藤原把小古的分鏡找動作演員簡單拍攝一次，待導演看過沒問題就正式拍攝。

「唔……我覺得第三、四個中腳後，可以被踢飛至遠一點，寧少的動作亦可更誇張，這樣漫畫感會較強烈。」阿朗拍拍小古肩膀：「藤原不用再拍了，小古簡單畫一個出來，就可以來個正式。」

「好。」

小古回應後，就坐在 MON 壇旁的小桌子上開始畫起來。

不到五分鐘便完成。

「導演你看看。」

小古把手稿拿給阿朗，阿朗看後表示滿意。

「對，就是這樣。藤原，待會跟著這效果拍攝 OK 嗎？」

「沒問題。」

「那就這樣吧。」

沒多久，拍攝開始，張靖坐在導演的後面，導演在 MON 壇看著屏幕，留意著各演員的演出。

藤原及副導則在拍攝現場負責指導及喊 Action。

每拍完一個鏡頭，副導都透過對講機問導演有沒有問題，如不滿意，導演就會要求再演一次。

看了大半天，張靖發現導演就是要不斷解決問題，基本上拍攝的任何大決策都要由導演決定。阿朗只比張靖大好幾年，在現場面對過百人員，當中還包括一些明星，他卻指揮若定，非常淡定，甚有大將風範。

拍了幾小時，到了放飯時間，導演、編劇、藤原、小古、副導等「導演組」人員圍著準備吃飯。

「張靖，一起吃啦。」阿朗拍拍旁邊的凳。

「嗯。」

於是張靖就跟大家坐在一起。

「看了半天還是拍同一個鏡頭，沒有把你悶著吧？」

「沒有，你們令我大開眼界。」張靖讚嘆：「其實拍一整天，剪出來大概會是幾多分鐘呢？」

「文戲還好一點，好像今天拍動作，同一個鏡頭要拍不同角度，拍一整天剪出來可能只有一、兩分鐘。」

「拍電影真的不簡單。」

吃過飯，拍攝繼續進行。為免影響其他人工作，張靖先行離去。

在回家路程上回想拍攝的情境，張靖還覺得非常夢幻，由文字到漫畫再到真人電影，一切來得順利，順利得很不真實。

電影之後，還會有什麼事情發生呢？

張靖真的不知道，就正如兩年之前他寫《覺醒》，也沒想過今日會走到這一步。

寫作的路，就似一部公路電影，前面將會出現什麼人物與事情，全然不知，也無法預料。
就因為這種無可猜測的未知數，才有趣味。

第十四話《門》

崩 壞
MR RUN
EPISODE 1
崩壞 EPISODE 1
MR RUN

《極道貓奴》電影拍攝的同時，第四屆神隊友寫作大戰亦進入前哨階段。

今次改了賽制為「接龍」，以讀者的選票來定出勝負，各參賽者都各自在自己的IG公布了項目，讀者的反應都表示感到期待。

這次參賽的作者包括：令如湘、逆水、張靖、慕容公主、細貓、Mr. RUN、秋吉、小野、喜喜，十個人、九個單位參予。

他們預先抽籤次序，以A、B、C……代名，在一個小說連載平台以「神隊友」之名開了帳號，然後就開始發布。

故事名叫《鬥》。故事以一件懸疑命案開首，某個夜晚，一具無頭女屍出現在中頭大街，警方查遍了附近的CCTV，也找不到有人把屍體搬來的畫面，屍體就好像憑空出現在大街上，指模也查不出死者的身份，警方調查了一個月，毫無頭緒。然後一個清晨，在男子監獄的籃球場上，出現了一個還未腐爛的女性頭顱……

A開了頭，然後就由B接寫。

接手之前，B跟其他讀者一樣，都是故事上載後才知道故事走向。他／她必須要在一星期內完成並發布。

五個星期之後，《鬥》連載剛超過一半，反應超出預期。五個章節，各有風格。故事以懸疑作開始，第二回卻變了溫情調子，再下去居然更出現BL情節，是不搭調，變調亦有點突兀，但連接算是順暢，而且每個章節亦相當有趣味。

來到第七回，更來個大高潮，居然能把前六回的人物及事件都串成一線，不但讀者，連前六個作者都覺得接寫第七回的G有條理又高明。

由於高潮已爆發，第八回就平靜下來，到第九回結局亦不易處理，一個搞不好就會爛尾，想不到不但收得不錯，而且還有一個反高潮。

經歷了九個星期，第四屆神戰結束，這次的反應當然比之前熱烈得多，一共超過20萬人次觀看，票數最高是第七回，第二是結局篇。

點票之後，當晚就揭開了代名的面紗。隨即掀起一陣議論，讀者都在說，早就猜到哪一個是A、哪一個是B……

神隊友的WhatsApp群組，刪除了夜王，加入了新成員令如湘、慕容公主和喜喜。

逆水：張靖，恭喜你成為今屆盟主。

秋吉：張靖的確厲害，竟可以把如此雜亂的關係聚集起來。

細貓：吉仔，你的開頭其實開得很好，我接手也感到有點壓力。

慕容公主（多雲）：大家都很厲害，不過張靖最厲害！

慕容公主（小雲）：對呀，超厲害的！

張靖：大家都寫得很好，每次看完一章都很期待下星期的來臨。

喜喜：令如湘的反高潮結局也很精彩。

慕容公主（小雲）：雖然張靖厲害，但我自己最喜歡喜喜那一段❤❤喜喜，我還沒見過你，下次聚會有可能看見本尊真身嗎？

喜喜：好啊，下次我一定會出來。

慕容公主（小雲）：Yeah！

小野：同樣是推理懸疑，我覺得秋吉比我寫得好看，我可以退下來了。

秋吉：小野前輩，千萬別這樣說啊，你是我的啟蒙老師，我是看了你的《急行夜車》才開始寫故事的。

小野：但我好像已再寫不出《急行夜車》這種可以令人追看的故事。我懷疑自己的高峰已過。

秋吉：怎會呢，你一定可以的。

令如湘：為什麼不說說大家的缺點？只要指出各人的缺點大家才會知道自己的問題。

逆水：你說得對，不如你先說吧。

令如湘：我想知道秋吉的開首，有沒有想過怎樣收科？

秋吉：其實我還沒想到的，只是覺得故事這樣開始有點吸引。

令如湘：吸引是吸引，不過你卻給了其他八人一個大難題呢。接龍已經不易，還要想爆頭來填你的洞，怎會有最好的發揮？

秋吉：嗯嗯，也是的。

接下來，令如湘簡略地指出各人的問題，包括自己。

令如湘並非找碴，她認為既然大家一同創作，就應該把優點及缺點都一併提出，只會吹捧，是不會令人進步。

令如湘踏出了第一步，然後眾人也作更真誠的交流，進行了一次愉快對談。

整個賽後對談，就只有 Mr. RUN 沒説過一句話。
雖然《鬥》有不少沙石，但無可否認，它卻在網絡製造了一定的話題。
沒多久就有記者找他們，約了時間跟他們作訪問。
這日難得全員結集，眾人也藉此機會聚首一番，地點正是他們第一次聚首的中菜館。除了令如湘，其他人包括記者都到齊。
那個記者正是當日訪問過他們的紫菜。
細貓知道紫菜在場，今日穿得非常斯文，刮去鬍子，剪了短髮，整個人年青醒目很多。
慕容公主像花癡般跟喜喜説個不停，又問他喜歡男人還是女人。
「我喜歡女人的……」喜喜害臊回應。
慕容公主兩姊妹同感失望。
「像你這種花美男，應該要喜歡男生才對。」多雲感嘆。
「對對對，喜歡女生太浪費了。」小雲接著表示認同。
「你有沒有認真想想，跟男生拍拖其實有很多好處的……」多雲仍不死心。
「真的沒想過，哈哈。」
另一邊，本已緊張得要命的細貓，全身變得僵硬起來。因為他的女神紫菜來到自己面前。
「嗨，細貓你好。」紫菜微笑。
「紫菜小姐……你好啊……」細貓強裝鎮定。
「九個故事中，我覺得你寫的那一段最好看，所以我投了你一票。」

「真的嗎？」

「真的。說實話，我之前沒有看過你的作品，也不知你寫作的風格是怎樣。你那一段相當感人，我被你的文字打動了。到揭曉知道那一段是你寫，我真有點意想不到呢！」

「因為我的外表不似寫溫情故事吧？」

「真的不似啊，哈哈。想不到你倒感性。」

「哈哈。」細貓傻笑，摸摸後腦。

各人互相交談了一會，令如湘也來到了。

所有作者到場，紫菜隨即安排眾人大合照，然後先跟令如湘做個簡短訪問。

做完訪問，令如湘便要先行告退，離去前她走到張靖身旁。

「我今日時間有點趕，下次再跟你聊。」令如湘拍拍張靖的肩膀：「今日你是主角，別給他（瞄了瞄 Mr. RUN）搶了風頭。」

「今天他想搶也搶不來。」張靖笑說。

「哈，你終於學懂了。」令如湘豎起拇指。

說完，跟大家打了招呼，令如湘就離開了。

接下來，訪問開始，起初 Mr. RUN 也搶著回答問題，但紫菜的焦點總是落在張靖身上，很多問題也只有張靖本人才能回答，Mr. RUN 雖然感到沒趣，也不得不退下來。

《極道貓奴》電影還未上映，卻話題不絕。小說本身極具口碑，漫畫版更上層樓，再加上張靖在這屆神戰中取得最高票數，出道不足兩年取得如此成績，無疑是出版界一位耀眼新星。

Mr. RUN 想在此時此刻跟他搶風頭，可真有點不自量力。

訪問出街後，「神隊友寫作大戰」成了一時話題，好幾間出版社更分別找上張靖及逆水，有意取得《鬥》的實體書出版權。

可經大家在群組一番討論後，認為《鬥》欠缺主題，而且沙石不少，一致認為它未能達到出版實體書的質素，故此作出婉拒。

與此同時，旭仔再次相約張靖見面。

這次旭仔約了他在一家西廳館晚飯。

「《鬥》的概念不錯，聽令如湘說，是你想出來的，對嗎？」拿著紅酒杯的旭仔問。

「不是啦，『神戰』已辦了好幾屆，只是今屆我想到了接龍賽制。」

「你一改賽制，這個活動的熱度便提升起來，看來你不只會寫故事，還有很多鬼點子。」旭仔呷了口紅酒：「難怪令如湘對你如此高度評價。」

「幸運而已。」

「說正事，其實我之前想搞一部本土恐怖片，90分鐘大概有三個故事那種。之前編劇交了幾個方向及戲名給我，也不太合我胃口，我看了《鬥》之後，就想到了一個戲名，就叫——《鬥恐怖》！」

「《鬥恐怖》，不錯呀，夠直接。」

「《鬥恐怖》不一定是鬼故，可以包含很多題材，總之中心就是『恐怖』！」旭仔說出心中計劃：「這個更可以發展成一個長線系列，每個故事都由不同的導演及編劇負責，希望這個戲名可以做出一種互相競爭的效果，你覺得如何？」

「我覺得概念是可行的。」

「那你有沒有信心負責想其中一個故事？」

「沒問題的。」

「《鬥》這班作者中，除了你和令如湘，還有哪兩個是你認為可勝任？」

旭仔剔除令如湘，當然不是因為她的能力，而是她已有其他任務。

「逆水和細貓。」

「那麻煩你幫我問問他們有沒有興趣參與電影創作。」

「嗯。」

有時候，機會就是如此唾手可得。

無論你置身任何行業，人脈都是相當重要。

「《極道貓奴》已定在三個月後的聖誕檔上映，下個月就會開始宣傳。」旭仔把話題轉回即將上映的電影：「為了新版的小說封面，我前兩天找過阿檸，這個女生個性很強硬。」

「你怎會知道的？」

「一開始我就跟她說，新版的《極道貓奴》小說由我們兩間公司聯合出版，因為已經編輯好了，所以設計費及印刷費由我方支付，回了錢跟她五五分帳。」

「你開出的條件，對她來說只賺不賠，她一定不會接受。」張靖笑了笑：「她是典型天秤座，是不會佔別人便宜的人。」

「對啊，她還說，《極道貓奴》因為借電影之勢，已賣得很不錯，她已經賺了錢，新版大可以由我方獨自出版。」旭仔也笑：「其實我也不是個喜歡佔別人便宜的人，《極道貓奴》首先由阿檸出版，我不想就這樣拿走便算。於是我跟她說，今次真的很希望可以跟她合作。」

「她怎樣說？」

「她想了想，答應可以合作，但成本一定要由兩間公司平分。」

「那就好了。」

「來，預祝《極道貓奴》票房大收！」旭仔舉起紅酒杯。

「一定要大收，這樣小說改編電影項目才可以繼續發展！」張靖舉起酒杯。

叮──

碰過了杯，二人為共同願景進發。

第十五話 Never Ending Story

臣服的法則
慕容公主

三個月後，《極道貓奴》上映前夕。

在強勁的宣傳攻勢之下，電影成功製造了話題，各個討論區都表示感到相當期待。

《極道貓奴》首映夜，電影公司在港島包了兩間影院，一場是留給傳媒及電影界人士，另一場則是為張靖而設的文化界別。

距離開場時間一小時，電影公司安排了眾人在台上作大合照，然後就是記者訪問時間。

張靖的神隊友們當然有被邀請出席首映，他們在人群中看見遠處的張靖正受訪，又是開心又感羨慕。

「張靖今天超帥喔。」多雲看見穿西服的張靖，露出了心心眼。

「打扮起來，絕不比喜喜遜色。」小雲也說。

「靖仔本身就很帥吧。」細貓這男士也不得不承認。

「自己的作品被搬上大銀幕，一定很夢幻。」秋吉羨慕但不妒忌地說。

「我覺得這只是一個開始，還有更多的可能性正等待著張靖。」細貓望向身旁的阿檸：「阿檸，你把一個未來文壇巨星發掘了出來啊！」

「他不是我發掘的，我找他出書時，他在網絡上已很具人氣。能走到這一步，全憑他個人實力。」

「除了有實力，靖仔的人品真的不錯，還推薦了我和阿水給他的老闆。」

Mr. RUN 眉頭一緊。

「這件事可以說出來嗎？」逆水有點傻眼。

「約也簽了，怕什麼？何況這裡全是自己人，沒所謂啦。」

「張靖推薦你們去他的公司出書？那阿檸怎麼辦？會不會很沒義氣？」Mr. RUN問得怪裡怪氣似的。

「誰說我們要過去出書？我們跟小靖一起寫電影劇本啊！」細貓指著張靖的方向：「說不定下一次，我、阿水及小靖一起站在這個位置接受訪問。」

聽到這消息，Mr. RUN整張臉也紅了起來。

Mr. RUN最想做的事，竟讓二人捷足先登。心裡萬般不爽，暗忖：這世界還不是靠關係。的而且確，他們的關係是慢慢建立，當中並沒有計算與投機成分。Mr. RUN就是太投機，才錯失了跟大家成為真心好友的機會。

「劇本寫成怎樣？」令如湘問細貓。

「快要開始了。」

「聽說你很喜歡拖稿，別拖垮了這次機會啊。」

「人頭保證，一定不會！」

「張靖來啦！」多雲、小雲同時望著前方。

張靖穿過人群，走到隊友面前。

「你看小靖，今日像個明星一樣。」細貓摸摸張靖的領呔。

「別笑我了，下次到你們。」

「給你看點東西。」令如湘拿出手機給張靖看：「本月暢銷書排名榜。」

看著該月排名榜，張靖心頭一陣激動。

《極道貓奴》終於首次登上該月暢銷榜的NO. 1位置！

「我給你過頭了。」令如湘微笑說。

「應該是險勝吧。」

更感動的是，除了《極道貓奴》，令如湘、逆水、細貓、慕容公主的作品也在榜上出現。

「我們也一同上榜，厲害呀！」逆水跳起來。

「你又不是第一次上榜，不用那麼誇張吧。」令如湘失笑。

「這次不同啊，大家一起出現在同一榜上，我真的感到超熱血！」

「除了令如湘之外，其他都是『浪花』出品！」張靖望著阿檸，說不出的感動。

我們在不知不覺間，都一同成長了。

銷量榜上，《血物語2》也榜上有名，而且一進榜就第六位，排名在逆水、細貓之上。

「看來這個叫徐浪的，將會是我們的勁敵。」張靖望著令如湘說。

「能過到我倆再說。」令如湘聳肩。

「冬吉、發瘟，你們要好好努力啊，否則便會被我們拋離很遠。」細貓老是說錯大家的名字，貫徹他的獨有幽默感。

「我一定會再努力！」秋吉熱血了很多。

「我這幾個月也沒有出新書，沒上榜也很正常。」Mr. RUN 吸口氣，站到張靖面前：「張靖，我要挑戰你。」

「哦？」張靖一愕。「說到挑戰二字，那麼嚴重？」

「我會以你為目標。」

「想不到 Mr. RUN 也很中二！」由最中二的逆水評價，應該沒錯。

「不是中二，我是認真的。」Mr. RUN 板著臉。

「就是認真才更中二！哈哈哈！」細貓兩手分別搭著 Mr. RUN 及張靖肩膀。「進場吧！」

這班熱血作家，就此步進創作另一領域。

110 分鐘之後，電影結束，當出字幕一刻，全場都在鼓掌。

現場反應熱烈，張靖留意到觀眾的表情都是真心感到滿意，而非敷衍拍掌。

步出戲院時，另一間院已經散場，旭仔、導演等人在外面跟一眾同行打交道。

「旭仔，你有眼光，這齣電影必爆，準備開續集吧！」中年大鬍子道。

「還不是導演厲害。」旭仔在人群中瞄到張靖：「張靖！」

旭仔向他揮手，張靖來到他身旁。

「跟你們介紹，這位是電影發行一哥，柏奇，你有聽過吧？」旭仔對張靖說。

「當然聽過。」

「他是《極道貓奴》原作者——張靖。」

「你和導演都很年青，影壇是你們年輕人的世界了。」柏奇拍拍張靖及阿朗的肩膀：「不少年輕導演拍了一齣電影就不再拍，我希望你們會繼續創作下去。電影、創作，需要新血才能傳承。」柏奇豪氣地說：「院線發行就交給我，只要是好電影，我一定有辦法把票房推高！」

「一定會。」二人同聲道。

柏奇說完就離去。

「張靖，待會 after party，一起來吧。」

「After party……」張靖望向令如湘等人方向：「但我約好了跟他們宵夜。」

「不要緊，還有很多機會。」旭仔笑道：「回去準備續集的大綱吧！」

「那麼有信心？」

「你沒有嗎？」

「有。」

「那就好了。」

張靖跟隊友會合，然後走到麥記大吃大喝，沒營養的大笑一輪就各自散去。

張靖與令如湘，一如當年第一次聚會之後，坐上渡輪。

「又是這情境。」令如湘望向香港夜景：「但你已經不可同日而語了。」

「怎樣說話變得如此老土。」

「很老土嗎？我一向都是如此，是不是你當時加了戀愛濾鏡？」令如湘吐了吐舌頭：「怎樣了？電影終於上映，有什麼感覺？」

「不懂怎麼說，就是開心吧。從開拍第一天起，我就等待著這一天。」

「恭喜你，終於趕上我了。」

「哈，就連稱讚話都流露出自信。」

「有實力就該要有自信，有自信，才能寫出好作品。」令如湘撥了撥頭髮：「其實我倆很幸運，此刻的成績，很多作者窮十年時間也未必可以達到。我和你，已是香港流行小說的一級作家。去到高峰，如果不尋求突破，就會下滑，就被其他人追過。」

「但我們年輕，就算被追上了，我也有信心可以反超越。」

「哈，你終於學懂。所以我們不可以停下來，要想法子不斷突破、突破，再突破。」

「你真的很好勝。」

「我只不喜歡被超越。對了，我下星期要去台灣。」

「工作嗎？」張靖感覺到，她不是去旅行。

「台灣那邊看中我一部作品，想改編成電視劇，還邀請我當導演。」

「當導演……那很不容易呢。」

張靖在現場看過導演的工作，那是一個非常專業又複雜的崗位，令如湘並非影視出身，對於現場拍攝事項都未完全了解，張靖不禁生出疑問，她會否勝任不來？

但回想起來，這個女生對任何事也處變不驚，常擺出一副沒有任何事情能難得到她的感覺。

「你怕不怕自己不能勝任？」

「既然投資者也不怕了，我又有什麼需要擔心？」

「我不是擔心你能否完成，而是怕你會遇到什麼為難的事情。你應該明白我的意思吧？」

「你怕他們排外？認為我這個外行人進入了他們的地盤，侵犯到他們的『領域』，繼而對我不禮貌或不合作，對嗎？」

「嗯。」

「我也理解，電影是一門很專業的工作，導演更加是在片場上的領導者，那是神聖的崗位，總有人不希望我們這些外人亂來，恨不得我搞得亂七八糟，落到場，自然不會給我好臉色看，那麼我就拿出本領來，讓他們臣服於我吧。」

有時候，張靖真不知道令如湘的自信是真心還是強裝出來。

「沒錯，我對現場的控制一定不會好得到哪裡，但到時有攝影及副導幫手，我覺得一定能處理，投資者看中我什麼？應該是說故事能力，那我在現場發揮我最厲害的武器就可以了。」令如湘說著說著，像是給自己加油：「這種機會，錯失一次就未必有第二次了。」

「嗯，你說得沒錯。那你會留多久？」

「不知道啊，拍攝完畢，我可能會在台灣跟茉莉結婚。」

「恭喜你……」

「謝謝。」

船停下，二人緩緩步出船艙。

「我覺得『神隊友』還是舊制比較熱血。」

「其實我也有這種感覺。」

「那下一屆換回舊制吧。」

「好，我跟逆水說。」張靖慧黠一笑：「那下一屆，你會是令如湘，還是徐浪呢？」

「你發現了，哈哈。」

「其實你好厲害，《血物語》的行文跟你以往作品真的很不同。」

「那你怎麼會看得出來？」

「我早發現你寫愛情時有點武俠感，《血物語》也有給我很強烈的武俠感，雖然如此，但看第一集時，我還未確定徐浪跟你是同一人。直至看完第二期，我有七成把握《血物語》是出自你手。」

「你發現了什麼？」

「我看過你四本書，其中三本書都曾出現『引刀成一快』這一句。《血物語2》也有出現呢。」

「簡直是文壇福爾摩斯！對呢，人們總有些自己喜歡的用字和語氣，不能完全抹掉。」令如湘拍拍手：「告訴你，《血物語》也要拍電影版了。」

「厲害。」

「請幫我保守這秘密，徐浪的身份，現在就只有旭仔、編輯、我和你知道。」

「一定。」

「張靖，你要一直寫下去，十年之後，或許你有其他職業身份，但我希望當中包括小說家。」

「怎樣突然這樣說？」

「我身邊曾經出現過不少有點小聰明的小說作者，他們大多數只出版一兩本小說，然後因為種種理由就沒再寫下去，他們有些作品在推出的時期甚至得到不錯的評價，以閃亮的姿態踏入創作界這舞台，可過了一兩年，就無影無蹤，再幾年，連書局也找不到他們的書。曾經的光芒，消失殆盡。他們初寫故事，是因為新鮮感、也有人覺得寫小說不太難：『我也可以當小說家啊』，於是出版一兩本作品，過了作家癮，然後覺得『我做到了』，就再沒後續。之後拿到了作家光環，四處炫耀。但我認為，他們不是作家，只能說『出過書的作者』。」令如湘續道：「要寫一本小說，不是很難，但要持之以恆，腦袋不停運轉，長年累月孤獨地寫作，對著鍵盤不停敲敲敲，持續五年、十年，並獲得一定數量的讀者支持，才能稱得上真正的職業作家。」

「我明白你的意思。」

「當代的職業作家已愈來愈少，我跟你，會是其中兩個。」

「放心，我會一直寫，直至我的腦袋不再靈光，變了老人痴呆。」

「相信我，五年之後，我倆都會成為亞洲不可多得的流行小說作家。」

「嗯。」

不經不覺，二人又再次走到旺角街頭。

「我差不多到了。」

「好好保重。」

「你要繼續努力，千萬別停下來啊。」

「今晚回家就寫稿。」

「新作的題材是什麼？」

「黑幫加喪屍。」

「嘩，期待啊。」

二人相視而笑，然後在分岔路上，繼續走著各自餘下的路。

一個月後，跨進了新一年。

一月——年度暢銷書榜公布，流行小說類銷量冠軍是令如湘《戀愛是場令人流血不止的戰爭》。第七位《極道貓奴》。

二月——令如湘導演的台劇展開拍攝。

三月——慕容公主作品授權韓國出版社。二人進軍韓國，定居當地，一邊追星，一邊繼續寫作。

四月——「盟友」出版集團出價八百萬收購「浪花」出版，阿檸不為所動，斷然婉拒。同月，《極道貓奴》宣布開拍第二部《最強黑道女兒》。

五月——小野開始撰寫新驚慄懸疑小說。

六月——逆水在日本奪得流行文學獎，赴日領獎，同時辦了工作簽證，揚言要將作品推到動畫化。

七月——《鬥恐怖》開拍，張靖、細貓赴泰國作跟場編劇。

八月——香港時間十二時……

逆水：各位隊友，準備好了沒有？

張靖、秋吉、令如湘、慕容公主、Mr.RUN、喜喜、小野、細貓，還有二十多名首次參加的作者……

身處世界各地的隊友，同時敲叩鍵盤——

第五屆神隊友寫作大戰正式展開。

R
S
O

全文完

後記
EPILOGUE

2019 年出版《白頭浪》後，有一段時間，我好像失去了寫作的方向。那樣的時代，那個時間點，反覆思量：我還想寫什麼呢？多一本作品跟少一本作品，對自己、對香港會有什麼影響？應該沒有。

突然之間，因為找不著答案、找不到理由，寫作的熱情全然冷卻下來，有逼自己打開電腦、敲敲鍵盤，有試過想寫《今晚打喪屍 3》……但不行，就是不行，於是就停了下來。

過了一陣子，疫情來襲，我在這段期間離開了香港，在台灣生活了一段日子，做了很多前半生沒做過的事，例如加入了當地單車隊，騎起公路車，環了兩次島，登上全台最高山峰，見盡好風景，心靈與腦袋都被好事物洗滌，變得澄明。然後，突然某天，我覺得，我還有很多故事想說。

寫作，根本不用什麼理由和計算，喜歡寫，就對了吧？

十多年前寫的第一本小說《九龍城寨》，就是沒有任何計算之下的產物，每天下班就寫，記得寫到中後段圍城，是全書的爆發點，全情投入，連自己的情緒也被帶動，充滿寫下去的動力。那個時候，沒想過它日後會改編成漫畫、電影，只單純希望完成一個故事而已，甚至即使是自資的，也沒擔憂銷量，一心一意，只想擁有一本完完全全屬於自己的作品。

純粹的創作，不一定可以帶來名利，卻帶來了巨大的滿足。

沉澱過後，就開始埋首創作埋藏很久的題材《神隊友》。幾年前，其實已很想寫一個類似《爆漫》的故事，只是港漫在香港已不是一個產業，要將香港漫畫實況寫出來，應該感慨多於熱血，所以我把舞台轉換成小說出版，覺得會更好發揮。

《神隊友》跟我以往寫的故事都很不同，沒有高潮迭起的情節、沒有大開大闔的人物，平實得有如生活絮語，是一部沒有太多商業考慮、較為寫實的作品。裡面不少情節，都改編自這十年來身邊的人與事。而事情雖然真實，角色卻是虛構，所以請不用對號入座，哈哈。

最初的構思，是一個關於角色與角色比併的故事，競爭味濃，後來卻想，這種故事好像寫得太多。某天看了美劇《后翼棄兵》，得到了啟發，寫一個天才好像也不錯啊——這就樣，我創作了張靖與令如湘這兩個角色。發展下去，哪個成就會比較高？我敢說，一定是張靖，因為張靖擁有令如湘沒有的犀利武器——親和力。擁有親和力的人，縱然實力有所不足，他的路總會比較好走，貴人處處。這武器雖是與生俱來，但只要保持善念，真誠對待朋友，每個人也可以為自己製造出這股能量。我自己也是靠很多朋友的幫助，才能令事業順利發展。

能在公司創立十周年出版第十部個人作品，是首個十年很好的小結；往後十年，定會創造更多好作品，不限於小說及漫畫，我會嘗試不同的跨媒體創作，期待不久將來會有更多好故事出現。

最後是賣廣告時間，《神隊友》內提到的《極道貓奴》，將會同步出版，這個部署超過一年，是一次很有趣的互動創作。

余兒

三年前，某天。

張靖收到一位朋友來電。

「張靖，最近忙什麼？」

「忙著想故事，我跟小古打算合作出書。」

「可不可以騰空一些時間給我？」

「什麼事啊？」

「我接了一項小説設計工作，不過時間管理得不太好……」

「你又是這樣。這次工作複雜嗎？」

「對你來説一點也不複雜，況且封面我已完成，你幫我設計內文就好了。」

「你傳給我看看吧。」

不一會，張靖便收到設計的稿子，細心一看，發覺編輯已很細心地列明細節，似乎不太難，於是張靖便答應接了這項設計工作。

因為編輯很有條理，交出來的稿子相當整潔，每一個章節都有明確指引，亦會列明所有重點，設計師只看重點就能夠理解故事。

張靖用了一星期就把文字編排好，交回給朋友。幾天後，朋友把已校對的列印稿交回張靖手上。

張靖拿著重重的稿子細看，編輯把需要改正的地方都用原子筆記下，字跡清楚秀麗，一看就知是女生字跡。

最後，她還畫了個多謝公仔，感激設計師完成稿子，叮囑他多喝水，好好休息。這個窩心的動作，令張靖感到，這是一間專業而有溫度的出版社。

張靖想像，有朝一日，他的出道之路，也會遇上這樣的編輯，這樣的出版社。這樣想著想著，張靖關掉排版軟件，開啟了文字處理軟件……

別想那麼多，寫吧。

作者	余兒
設計/插畫	faminik
編輯	小尾
校對	Eva Lam

出版	創造館 CREATION CABIN LIMITED
地址	荃灣美環街一號時貿中心604室
電話	3158 0918

發行	泛華發行代理有限公司
地址	香港新界將軍澳工業邨駿昌街七號二樓

承印	美雅印刷製本有限公司
地址	九龍觀塘榮業街6號海濱工業大廈4樓A座

出版日期	2023年7月
ISBN	978-988-76570-5-7
定價	$88

創造館 CREATION CABIN

創造館

www.creationcabin.com

神隊友

THE CREATORS

KEEP CREATING

創造十年

CREATION CABIN LIMITED

10TH ANNIVERSARY